KB123804

창귀무쌍 10

2024년 7월 12일 초판 1쇄 인쇄
2024년 7월 17일 초판 1쇄 발행

지은이 송장벌레
발행인 김관영

기획 박경무 강민구 임동관 조익현 최시준 신정윤
책임편집 김홍식
마케팅지원 유형일 박민정

발행처 (주)로크미디어
출판등록 2003년 3월 24일
주소 서울시 마포구 마포대로 45 일진빌딩 6층
Tel (02)3273-5135 **Fax** (02)3273-5134
홈페이지 rokmedia.com **E-mail** rokmedia@empas.com

© 송장벌레, 2023

값 9,000원

ISBN 979-11-408-2405-2 (10권)
ISBN 979-11-408-1784-9 04810 (세트)

천겁무황

송장벌레 신무협 장편소설

차례

담판

삐걱거리는 협탁이 길게 늘어져 있는 주점 구석.

초라한 행색의 노인 하나가 막 그곳에 도착한 양 앉아 있는 것이 보인다.

그는 아무런 소리도 내지 않았고 또 아무런 냄새도 풍기지 않았다.

그저 여상한 일상 속 사물들처럼, 그저 그 자리에 있을 뿐이었다.

이윽고 잔반이 노인의 앞으로 다가갔다.

"노인장. 삼금삼가의 규칙을 아시나?"

"알지. 한 잔 내주게."

노인은 끌끌 웃으며 손가락 하나를 세웠다.

이윽고, 잔반은 그의 앞으로 짐주 한 잔을 내밀었다.

"첫 잔은 공짜야. 토법고로에 온 것을 환영해."

"오. 장사하는 법을 아는 젊은이군. 고맙네."

노인은 쇠로 된 잔을 집어 들어 입술을 적셨다.

그러고는.

"술맛이 근데 좀 밍밍허이."

품에서 뭔가를 꺼내 들었다.

그것은 살아 움직이는 한 마리의 쇠살무사였다.

…뿌각!

노인은 엄지의 힘으로 뱀의 대가리를 따 버렸고 절단면에서 맹렬하게 뿜어져 나오는 피를 짐주에 섞기 시작했다.

…푸슉! …푸슉! …푸슉! …푸슉!

녹색의 술이 어느덧 검게 변해 버렸다.

그제야 노인은 짐주 잔을 한 입에 털어 넘겨 비웠다.

"나 같은 늙은 손님들은 보혈주(補血酒)를 좋아하지. 주조할 때 참고하시게."

"오. 노인장, 술 좀 하시는데? 다음 잔도 내 드릴까? 이번에는 독하게 드릴게."

"좋지. 주게."

잔반이 새 술을 새 잔에 뜨러 간다.

그러는 동안, 추이는 조용히 짐주 한 잔을 들이켜고 있었다.

…탁!

추이가 빈 잔을 내려놓는 순간, 노인의 앞에 새 잔이 놓였다.

잔반이 추이에게 새 술을 내주는 동안 노인은 새로 나온 짐주를 쭉 들이켠다.

…탁!

노인이 빈 잔을 내려놓는 순간, 추이의 앞에 새 잔이 놓였다.

…탁!

추이가 한 잔을 마시고, 노인이 새로운 잔을 받는다.

…탁!

노인이 한 잔을 마시고, 추이가 새로운 잔을 받는다.

…탁!

어느 순간부터인가 주점 내부가 조용해지기 시작했다.

그 시끄럽던 주정뱅이들이 모두 숨을 죽인 채 추이와 노인을 바라본다.

그도 그럴 것이, 둘은 벌써 그 독한 짐주를 마흔 잔이 넘도록 연달아 마시고 있었기 때문이다.

…탁!

추이와 노인이 잔을 동시에 내려놓았다.

그때쯤 해서, 노인이 먼저 입을 열었다.

"거기 젊은이. 낯이 익은데."

"……."

"지난번에 봤었지? 파촉설산 때."

"……."

추이는 노인이 걸어오는 말을 무시했다.

하지만 마냥 언제까지고 무시할 수만은 없다.

추이는 저 평범해 보이는 노인의 정체를 이미 잘 알고 있기 때문이다.

혈교(血敎)의 창시자.

썩은 눈알과 혓바닥들의 목자(牧者).

억조 개의 이빨, 무한대의 눈을 가진 흉조(凶兆).

피와 시체로 만들어진 구산팔해(九山八海)의 주인.

지금껏 벌어졌던 수없이 많은 무림비사에 관련되어 있는 흑막(黑幕).

무림 최초로 정(定), 사(私), 마(魔)를 모두 적으로 돌린 진짜배기 무림공적.

혈마(血魔) 홍공.

그를 눈앞에 둔 추이는 머릿속에 드는 복잡한 생각을 최대한 단순화하고 있었다.

'……계획대로.'

이곳 토법고로 안으로 홍공을 유인하는 것에 성공했다.

홍공의 핵심 측근이 올 가능성 구 할, 홍공 본인이 직접 올 가능성 일 할의 도박이었는데 운 좋게도 후자 쪽이 걸렸다.

추이는 이를 위해 친히 자신의 정체와 별호, 위치를 만천하에 공개했던 것이다.

이 모든 것들은 토법고로에서의 볼일과 홍공과의 볼일을 동시에 처리하려는 커다란 계획의 일환이었다.

'이곳에서는 그 잘난 점성술도 통하지 않을 것이다.'

밤하늘의 별을 살펴 미래와 운명을 점치는 홍공의 능력도 이곳 지하 공간에서는 무력화될 것이다.

여러모로 결판을 짓기에 좋은 장소였다.

그때. 홍공이 입을 열었다.

"그 누가 그랬던가."

입술 사이에서 바싹 말라비틀어진 나무껍질이 벗겨져 나오는 듯한 목소리가 흘러나온다.

"사내의 주량은 지금껏 흘려 온 눈물과 피에 비례한다고."

"……."

"많이 흘린 만큼 많이 들어가는 법이니까, 그 말이 맞을지도 모르겠어."

홍공은 끌끌 웃으며 추이를 향해 고개를 들었다.

죽립 아래로 붉은 눈알이 이글거린다.

마치 염소의 눈동자에서 화광이 뿜어져 나오는 듯한 시선이었다.

"젊은 친구가 술이 참 세군. 어디서 무얼 그리 많이 비웠기에 그리 많이 들어가는가?"

추이는 그 말에 술잔을 탁 내려놓았다.

그리고 특유의 무미건조한 목소리로 대답했다.

"뭔 개소리인지 모르겠군."

"……"

"술 먹고 비우는 것은 오줌통뿐이다. 못 쫓아오겠으면 꺾어 마시든지."

말을 마친 추이는 또 한 잔을 들이마신다.

홍공은 잠시 멍하니 있다가 이내 헛웃음을 지었다.

"현학적인 표현을 싫어하는 듯하니 내 단도직입적으로 물음세."

죽립 안쪽에서 빛나는 빠알간 시선 두 줄기가 추이의 동공을 관통한다.

"왜 쫓아오나?"

"쫓아온 건 너다."

"술을 말하는 것이 아니고."

홍공은 협탁 위의 잔들을 치웠다.

그러고는 긴 손가락을 뻗어 나무판 위를 톡톡 두드렸다.

"장강수로채에서 내 제자를 죽이고."

"……"

"파촉설산에서는 내 동업자를 죽였지."

"……"

"왜 매번 나의 계획에 어깃장을 놓느냐, 그 말이야."

추이와 홍공 사이가 언제인가부터 텅 비기 시작했다.

주변에 있던 주정뱅이들이 별안간 하나둘씩 오한, 두통, 환청, 발열, 복통 등등을 호소하며 죄다 빠져나간 탓이다.

짬통에 어울리지 않는 정적 속에는 오로지 추이와 홍공, 둘만이 존재하는 듯했다.

"......."

추이는 잠깐 생각했다.

'여기서 정면으로 붙는다면?'

승률은 일 푼 미만. 무조건 살해당한다.

추이의 경지는 현재 육혼의 일 층계.

세간의 기준으로는 초절정의 초입이었다.

하지만 홍공의 경지는 이미 육혼의 삼 층계에 이르러 있다.

세간의 기준으로 보면 극마(極魔)의 경지쯤 될 것이다.

'......회귀하기 전, 홍공은 육혼의 사 층계에 오르자마자 그 누구의 눈치도 보지 않고 혈겁을 일으켰다고 했었지.'

시기적으로 보면 홍공의 현재 경지는 육혼의 삼 층계가 맞다.

그는 아마도 육혼의 사 층계, 탈마(脫魔)의 경지에 이르기 전까지는 몸을 극도로 사릴 것이다.

'어쨌든. 나락노야조차도 이기지 못하는 지금의 나로서는 역부족이다.'

추이의 생각을 읽고 있기라도 하듯, 홍공은 여전히 여유로운 태도를 고수하고 있었다.

하지만 그의 두 눈에서는 여전히 살기와 호기심이 뒤섞여 번뜩인다.

마치 흥미로운 변수를 대하는 것처럼 말이다.

이윽고. 홍공이 대놓고 말을 꺼냈다.

"창귀칭."

"……"

"어떻게 익혔나?"

"……"

추이는 여전히 입을 다문 채 말이 없다.

홍공은 다시 한번 손가락으로 탁자 위를 두드렸다.

"도무지 이해할 수가 없으이. 나는 이 무공을 창안하고 정립하기 위해 교(敎)의 우사(右使) 자리까지 버리고 나왔지. 그 무시무시한 교주의 추격까지 뿌리쳐 가면서 그토록 고되게 고되게 도망하였다네."

"……"

"마치 진시황제에게서 도망쳐 나온 제(齊)의 서불(徐市)처럼. 봉래(蓬山), 방장(方丈), 영주(瀛洲)를 건너, 그뿐인가? 폭풍우에 휘말려 저 멀리 동영까지도 표류해 봤다네. 그 이후 천신만고 끝에 호랑이 많은 해동까지 가서야 겨우겨우 완성해 돌아온 것이 바로 창귀칭일세."

그때쯤 해서, 홍공의 목소리가 바뀌었다.

"……그런데 그것을 어찌 네가 알고 있느냔 말이야."

장내의 대기가 싸늘하게 얼어붙기 시작했다.

내공이라는 것이 일절 움직이고 있지 않음에도 불구하고 그러했다.

바로 그때.

"이봐."

추이가 입을 열었다.

귀찮다는 듯 눈살을 찌푸리면서.

"혼자 뇌까리는 것은 네 집 방구석에서나 해라. 술맛 떨어진다."

"……뭐라?"

홍공의 입이 살짝 벌어졌다.

황당함. 지금껏 한 번도 이런 대우를 받아 본 적 없는 절대고수의 당혹.

그러나 홍공은 대단히 머리 좋은 사내다.

"맹랑한 아해로구나."

추이에게 대답할 생각이 조금도 없다는 것을 알자 그의 기세가 조금씩 조금씩 변하기 시작했다.

바로 그때.

"자자— 왜들 이러시나."

황급히 뛰쳐나온 잔반이 추이와 홍공 사이를 가로막았다.

"여기서는 싸움 금지야. 원래 원칙은 그래."

이윽고, 잔반은 싸늘하면서도 단호한 어조로 말을 이었다.

"어이. 너는 나가. 나는 취해서 남한테 시비 거는 놈한테는 술 안 팔아."

"……."

잔반은 손가락질을 하면서도 한쪽 눈을 찡긋해 보인다.

드르륵-

추이는 잠자코 의자를 밀었고 이내 자리에서 일어났다.

한편, 잔반은 홍공의 앞으로 새 잔을 내려놓았다.

"좀 봐주세요. 오늘 장사 아직 제대로 시작도 못 했는데. 아, 곧 사루에서 경기가 열리는데. 안 보러 가셔도 괜찮으신지?"

"……안 그래도 곧 일어나려 했다네. 끌끌끌- 괜히 술맛만 떨어졌군."

홍공은 천천히 자리에서 일어났다.

그러고는 품속으로 손을 넣었다.

"그래. 술값이 얼만고?"

"원보 두 개입니다."

"잔돈은 갖게."

홍공은 은자 세 덩이를 협탁 위에 올려놓았다.

그러자 잔반이 빙긋 웃으며 말했다.

"은원보가 아니고 금원보입니다만?"

"……."

"여기가 술값이 좀 비싸서요."

"……."

홍공은 말없이 잔반을 빤히 쳐다본다.

"……외상 되나?"

"원래는 안 되는데, 노인 공경 차원에서 한 번은 봐드릴게
요."

"고맙군."

홍공은 다시 고개를 돌렸다.

하지만 이미 건너편 협탁의 추이는 사라지고 난 뒤였다.

"끌끌끌…… 요즘 젊은 것들은 무섭구만."

홍공은 너털웃음을 지으며 죽립을 눌러썼다.

그리고 아래층으로 향하는 깊은 토굴을 향해 터덜터덜 걸
어가기 시작했다.

◇◇◇

"……."

잔반은 홍공이 완전히 사라질 때까지 협탁 앞에 서 있었
다.

그러고는 한숨을 쉬며 반대편에 있는 토굴 속으로 들어갔
다.

얼마간 걸어 들어가자 저 앞에 유령처럼 서 있는 추이가 보인다.

태연한 얼굴로 흙벽에 기대어 있는 추이.

그 모습을 본 잔반이 기가 막히다는 듯 팔짱을 꼈다.

"엄청나게 위험한 늙은이 같던데. 내공을 못 쓴다는 게 안 믿길 정도야."

"……."

"그래서. 누군데?"

오늘 장사를 망친 잔반이 의문을 제기하는 것은 합당하다.

추이는 짧게 대답했다.

"죽일 놈."

"세상에 죽일 놈이 한둘이야?"

"그래. 그놈 하나다."

"……?"

추이의 대답을 들은 잔반은 의아하다는 듯 고개를 갸웃했다.

그런 그에게 추이는 동전 두 닢을 던졌다.

짤랑-

술값을 받아 드는 잔반을 뒤로한 채, 추이는 토굴 속으로 발걸음을 옮겼다.

곧 사루의 무투 경기가 열린다.

충신장이라는 작자가 몸담고 있는 음지 중의 음지.

추이는 그곳에서 홍공과의 최종 담판을 마무리할 계획이었다.

'……드디어 끝이 보이는군.'

가장 깊은 곳에서, 가장 처절한 꽃이 피어날 것이다.

토법고로에서 두 번째로 깊은 곳.

이곳은 항시 어둡고 습한 무저갱의 바닥지대로 '사루(四壘)', 혹은 '하오루(下汚壘)'라는 이름으로 불린다.

지상에 비가 내리면 이곳에서도 비가 내리는데, 그 비라는 것은 낙수의 하류로 밀려온 번화가의 오물들을 뜻한다.

두꺼운 지층을 관통하여 스며든 오물들은 묽고 끈적한, 검은 덩어리가 되어 떨어져 내리는데 그 기세가 흡사 소낙비가 떨어지는 것과 같았다.

후두둑– 후두둑– 후두둑– 후두둑–

그래서 사루의 도박꾼들은 항상 우의를 입고 다닌다.

지상으로부터 떨어져 내리는 똥, 오줌, 침, 땀, 정액, 피, 눈물 등등 모든 욕망과 향락의 찌꺼기들을 맞으면서 말이다.

"……."

추이는 사루 중앙에 있는 거대한 무투장을 찾았다.

흙벽돌을 쌓아올려 만든 관중석이 나선 형태로 빙글빙글

돌아 내려가는 제일 아래에 투패들이 싸우는 공간이 자리해 있다.

도박꾼들은 위에서 쏟아지는 오물과 흙탕물의 비를 맞으면서도 연신 발을 구르며 환호하고 있었다.

"어우. 사루는 언제 와도 적응이 안 돼."

추이의 옆에 앉아 있는 견술이 투덜거린다.

그 옆에는 잔뜩 주눅이 든 서세치가 있었다.

서세치는 추이에게 우산을 씌워 주며 물었다.

"추이 님. 바로 사루에 도전하시렵니까?"

"봐서."

추이는 무미건조한 태도로 대답했다.

비록 사루의 진출 자격을 얻지 못했지만, 혹시 또 모르는 일이다.

사루의 투패가 도전을 받아 준다면 협회 측의 허가 여부하고는 상관없이 바로 경기를 치를 수 있을지도 모르니까.

견술이 말린 문어를 질겅이며 말했다.

"뭐. 운 좋게 사루의 투패 하나가 너를 지목해서 도전해 온다면 더 좋겠지. 그럴 일은 아마 없겠지만."

"또 모르는 일입니다. 사루에는 정말 정신 나간 놈들이 많으니까요."

서세치가 말을 받으며 추이를 격려했다.

그때.

"자! 오래 기다리셨습니다!"

투기장 위로 사회자가 올라왔다.

그는 과장된 어조와 행동으로 관중들의 시선을 한 몸에 잡아끈다.

"날이면 날마다 열리는 것이 아닌 사루의 무투 경기입니다! 특히나 오늘은 여러분들이 오매불망 기다리셨던 대망의 전투가 벌어지는 날이지요!?"

사회자는 눈을 빛내며 경기장 한쪽을 향해 팔을 뻗었다.

"자! 오늘의 무대를 빛내 줄 투패들을 소개합니다! 토법고로의 서열 이 위! 왕의 대리인이자 지금껏 단 한 번도 패배한 적이 없는 최강의 투패! 압도적인 무력에 빛나는 실질적인 제왕! 사-자-위!"

관중들의 환호성이 토법고로 전체를 뜨겁게 달군다.

이윽고, 열화와 같은 응원을 받으며 한 사내가 투기장 위로 등장했다.

큰 키에 깡마른 몸.

머리는 아예 민머리가 되었고 얼굴에는 커다란 열십자 모양의 흉터가 자리해 있다.

사자위.

날카로운 인상을 풍기는 이 맹인 사내는 양손에 각각 한 자루의 긴 갈고리를 든 채로 투기장에 올랐다.

우-와아아아아아아아아아!

그의 인기는 엄청났다.

사루에 모인 대부분의 도박꾼들이 그를 응원하고 있을 정도였다.

그때쯤 해서, 사회자는 사자위에게 도전할 도전자를 소개했다.

"그리고 오늘 사자위의 아성에 도전할 용감한 괴물이 있습니다! 여러분! 이곳 토법고로에서 내공을 쓰는 것이 금지된 이유에 대해서 잘 아시지요?"

사회자는 군중들을 향해 목소리를 높였다.

"강자는 먹는다! 약자는 먹힌다! 이것이 자연의 섭리입니다! 하지만 내공이라는 것은 열 살 난 계집아이가 오십 먹은 노병을 일장에 때려죽이게끔 만드는 역천의 원리이지요! 그래서 이곳 토법고로에서는 자연스러운 섭리와 흐름에 귀의하게끔, 모든 이들의 내공을 폐하는 겁니다! ······그런데!"

이윽고, 사회자의 손가락이 사자위의 반대편을 가리킨다.

"여기 이곳에! 먹히기 위해 태어난 약자의 몸으로도! 최강의 자리에 도전하는 이가 있습니다!"

군중들의 시선이 한 쪽을 향한다.

그곳에서는 사자위에게 도전할 투패 한 명이 막 경기장으로 올라오고 있는 것이 보였다.

여리여리한 여자의 몸.

긴 백발을 늘어트리고 있는 그녀는 전신을 천 붕대로 칭칭 감싸고 있어서 아무것도 알아볼 수 없었다.

사회자는 그녀를 소개하며 외쳤다.

"본디 계집은 사내에 비해 약한 것이 자연의 이치! 하지만 이 여자는 다릅니다! 이곳 토법고로에 혜성처럼 등장하여 전 승무패! 최단 거리로 사자위에게 도전하는 무적의 도전자! 그 이름은! 낙-화-생!"

낙화생(落花生).

본디 그것은 땅속을 파고 들어가며 성장해 나가는 콩의 일종이다.

특이하게도 이 콩은 다른 콩의 생태와 정반대로, 꽃이 지고 나면 꼬투리가 흙 속의 어둠을 향해 파고 내려가게 되며 캄캄한 지하에서 열매를 맺는 것이다.

…쿵!

낙화생이 지면에 발을 내딛자 묵직한 땅울림이 일어났다.

사자위와 낙화생이 서로를 마주 본다.

사자위는 갈고리가 붙어 있는 커다란 기형 간자 한 쌍을 두 손에 나눠 들었고, 낙화생은 붕대로 칭칭 감겨 있는 맨몸뚱이다.

둘은 경기장에 오르자마자 주어지는 짐주 한 잔씩을 나누어 들이켜고는 입에서 녹색의 연기를 뿜어냈다.

이번 싸움에서 내공을 쓰지 않는다는 것을 모두의 앞에서 확약하는 자리였다.

"그럼! 시작합니다!"

두 투패의 내공이 완전히 봉인된 것을 확인한 사회자가 재빨리 투기장에서 빠져나갔다.

관중들의 흥분이 점점 고조되고 있었다.

"죽여라! 빨리 죽여!"

"둘 다 내공 못 쓰는 것 맞지!?"

"짐주 한 잔으로 되냐! 더 마셔라!"

"저건 희석주가 아니라 원액이니까 확실하겠지."

"사자위! 나는 늘 너한테 거는 것 알지!? 끝장내 버리라고!"

환호성이 어찌나 큰지 광활한 지하공동 내부가 옅게 흔들릴 정도였다.

이윽고, 사자위가 먼저 앞으로 치고 나갔다.

그는 한 쌍의 간자를 휘둘렀다.

키리리리릭─ 퍼펑!

서로 다른 방향으로 회전하던 갈고리가 위에서 아래로, 아래에서 위로 휘둘러졌다.

하지만.

…터틱!

낙화생은 맨손으로 사자위의 갈고리를 잡아챘다.

"!"

사자위는 자신이 간자가 막힌 것에 대해 놀라워하는 기색이다.

그도 그럴 것이.

우드드드득……

저 가녀린 몸 어디서 이런 말도 안 되는 힘이 나오고 있는 것인지 도통 이해할 수 없는 노릇이었기 때문이다.

"……내공을 쓰는 기미는 보이지 않는데. 참 이상하군."

사자위는 힘 대결을 포기했다.

그러고는 몸을 비틀어서 갈고리를 한 번 쓱 회전시켰다.

낙화생은 손가락이 잘려 나가는 것을 피하기 위해 갈고리를 잡았던 손을 놓았다.

사자위는 자유롭게 된 갈고리를 재차 휘둘러 낙화생의 신체 끝자락부터 야금야금 깎아 내기 시작했다.

틱- 팻- 따각- 퍽!

손가락 끝, 귀 끝, 발가락 끝, 그 외의 신체 표면들이 피부 가장 위부터 차츰차츰 깎여 나간다.

갈고리가 살벌한 파공성을 만들어 내며 지나갈 때마다 낙화생은 조금씩 조금씩 뒤로 물러나고 있었다.

사자위가 나지막한 목소리로 말했다.

"도저히 여자의 몸에서 나올 수 있는 힘과 속도가 아니다. 너도 야율 형제처럼 하란산 너머에서 왔나?"

"……."

낙화생은 여전히 아무런 대답도 하지 않았다.

갈고리가 허공에서 뒤얽히며 떨어져 내린다.

…파캉!

낙화생이 갈고리를 맞받는 순간, 사자위가 멀어 버린 두 눈을 떴다.

눈꺼풀 가죽 속에 고여 있던 시커먼 어둠이 낙화생의 얼굴을 응시한다.

"여자의 몸으로, 그것도 맨손으로 내게 덤비다니."

"……."

"그 용기를 높이 사마. 네 목숨에 앞서 그것부터 거두는 것이 나의 자비다."

동시에, 사자위의 갈고리가 허공에서 뱀처럼 비틀린다.

나(拏)의 묘리가 담긴 한 쌍의 갈고리가 낙화생의 두 손목을 서로 다른 방향으로 휘감았다.

턱—

갈고리가 사람의 손목뼈에 걸린 것을 확인한 사자위는 곧바로 그것을 잡아당겼다.

꽈—긱! 차르르르르르륵!

사슬 끝에 연결된 갈고리가 엄청난 기세로 끌려나왔다.

사자위는 상대방의 두 손목이 잘려 나갔을 것이라 생각했고 이를 추호도 의심하지 않았다.

……그러나.

"!?"

사자위는 경악해야 했다.

낙화생의 손목이 절단되는 느낌은 없었다.

단지.

찌이이이익!

그녀의 두 손을 휘감고 있던 붕대만이 너덜너덜하게 찢겨져 나부낄 뿐.

그 안으로 드러난 낙화생의 손은 조금의 상처도 없이 그자리에 붙어 있었다.

마치 옥처럼 빛나는 새하얀 살결.

차르르르륵! 채앵!

이빨이 우수수 부러져 나간 갈고리가 톱날의 형상이 된 채로 바닥에 나동그라진다.

사자위는 간자 끝의 쇠사슬과 갈고리를 회수한 채 뒤로 펄쩍 뛰어 물러났다.

'……뭐지? 마치 쇠를 긁는 것 같은 감각이었다. 사람, 아니 살아 있는 존재의 손이 아니야.'

식은땀을 흘리는 사자위의 앞으로 낙화생이 손을 뻗는다.

손목 아래로 꿰매진 듯한 자국이 있는 그녀의 손.

보기에는 곱게 자란 규수의 섬섬옥수(纖纖玉手)와도 같으나 사실 그것은 쇠붙이도 무디게 만들어 버리는 철인의 손이다.

이윽고, 하얀 손바닥이 사자위의 목을 사납게 붙잡았다.

…콰직!

목뼈가 부러질 듯한 악력.

사자위는 눈앞의 여자가 보통 인간이 아님을 깨닫자마자 두 갈고리를 교차했다.

"뒈져라!"

일격에 목을 베어 버리겠다는 의지.

하지만.

까-앙!

두 개의 갈고리는 낙화생의 목을 자르지 못했다.

그것들은 마치 굵은 쇠기둥에 걸린 양 그 자리에 멈추어 꿈쩍도 하지 않는다.

"……!"

사자위의 멀어 버린 두 눈이 다시 한번 부릅떠졌다.

'목까지! 몸 전체가 강철로 되어 있다는 말인가!?'

하지만 길게 생각할 여유는 없었다.

곧이어 낙화생의 흰 손바닥이 떨어져 내렸기 때문이다.

쩌-억!

지면에 내리찍히는 도장

그것이 인주의 색으로 물들어 붉게 변했다.

쩍! 쩌억! 퍽! 퍽! 뻑! 뻐억! 콰직! 우드득! 쾅!

연달아 떨어져 내리는 낙화생의 주먹이 사자위의 얼굴을 으깨 놓는다.

사회자가 경악했다.

"세상에! 눈으로 보면서도 믿어지지가 않습니다! 확고부동했던 최강의 투패 사자위가 저렇게 무참하게 당하고 있다니요! 설마 이것도 무슨 연출의 일환일까요!?"

하지만 이변은 일어나지 않았다.

낙화생은 사자위를 너무도 쉽게 제압했고 그대로 피떡을 만들어 버렸다.

"……! ……! ……!"

사자위는 저항 한 번 제대로 하지 못한 채 늘어졌다.

팍–

낙화생은 이내 주먹질을 멈추고는 만신창이가 된 사자위를 아무렇게나 내팽개쳤다.

사루 최강의 투패가 맞이하게 된 허무한 패배.

"……."

"……."

"……."

관중석에는 침묵이 감돈다.

추적추적 끈적하게 내리는 검은 비를 맞으며, 모두들 말이 없다.

그런 상황 속에서.

척–

낙화생이 별안간 고개를 들어 한 곳을 가리킨다.

그녀의 죽 뻗은 검지 끝이 향하고 있는 쪽은 바로.

"……."

추이가 앉아 있는 곳이었다.

사회자가 당황하여 말했다.

"아! 낙화생! 바로 다음 경기를 치를 생각일까요!? 사루의 정점까지 단 한 발자국만 남은 상황에서 누구와 싸우고 싶은 겁니까! 그 상대는……!"

사루에 있는 모든 이들의 시선이 추이를 향해 집중되고 있었다.

하지만.

정작 추이는 낙화생이 있는 곳이 아닌 다른 곳을 보고 있었다.

"……."

추이의 시선이 향하고 있는 곳은 낙화생의 어깨 너머 관중석.

남루한 피풍의를 걸친 채 웃고 있는 죽장망혜의 노인이었다.

홍공.

낙화생의 뒤에 선 그가 재미있다는 듯 미소 짓고 있었다.

…까닥!

낙화생. 그녀가 추이를 향해 검지를 뒤집어 접는다.

올라오라는 뜻이다.

펄쩍—

추이는 그 자리에서 몇 번을 뛰어 투기장 앞으로 떨어져 내렸다.

사회자가 멍한 표정으로 중얼거렸다.

"어어? 사, 삼칭황천? 이렇게 갑자기…….."

"사루의 투패가 직접 지목하는데 어떡하나."

추이는 사회자의 가슴팍을 떠밀며 말했다.

그때, 관중석에서 무언가가 날아왔다.

…팍!

추이는 그것을 잡아챘다.

거구의 관중 하나가 집어 던진 그것은 한 자루의 묵직한 철창이었다.

관중들이 추이를 향해 소리 지르고 있었다.

"어이! 삼칭황천! 그년 죽여 버려!"

"내 전 재산이 날아갔다고! 저 개 같은 년!"

"그년을 죽일 수만 있으면 누구라도 상관없어!"

"좆 같은 사회자 새끼야! 빨리 경기 시작시켜! 당장!"

분위기가 다시 한번 뜨겁게 달아오른다.

사회자가 어찌할 바를 모른 채 눈치를 보는 동안, 추이는 벌써 투기장 안으로 들어섰다.

"……."

추이는 눈앞에 있는 낙화생이라는 투패를 가만히 바라보았다.

얼굴부터 시작해서 발끝까지 붕대로 꽁꽁 싸매고 있는 기이한 여자.

하지만 그녀의 손만은 밖으로 노출되어 있다.

눈덩이를 깎아 빚어놓은 듯 흰 손.

가만히 보고 있으면 빛이 나는 것 같은 착각마저 일 정도로 창백한 옥수(玉手)다.

'사자위가 당한 것도 이해가 되는군.'

추이는 낙화생이 쓰는 무공의 종류를 한 눈에 알아보았다.

소수마공(素手魔功).

한때 중원을 피로 물들였던 북쪽의 마공.

이 마공은 초식들이 극도로 빠르고 변칙적이기에 처음 상대하는 이는 무조건 당할 수밖에 없다.

그러나 추이는 이 마공을 쓰는 존재를 알고 있었고 이미 싸워 본 경험도 있었다.

…콰쾅!

낙화생이 곧바로 추이를 향해 달려든다.

'제제자 제제자 천혼도우 제여자 제여자 지후도우도 신인천주 임조화상고령천영주전장생노도학삼충삼계사신고우 삼충삼계현신도우(諸弟子 諸弟子 天混禱于 諸女子諸女子 地后禱又禱 新人

天主 荏造化尙告靈天靈主前長生勞禱學三層三階司神告于 三層三階玄神禱
于)……'

귓가에 이상한 환청이 들리는 것 같다.

추이는 귀를 한 번 후비고는 철창을 앞으로 내질렀다.

낙화생은 사자위를 상대했을 때처럼 변칙적으로 움직이며
거리를 좁히려 했으나.

쿡– 쿡– 쿠–직! 퍼억!

추이의 창은 낙화생의 움직임을 반 수 먼저 예측, 거리가
좁혀지지 않도록 접근을 사전에 차단하고 있었다.

'심상비무 속에서 수도 없이 경험해 봤던 움직임이다. 고
전하는 것이 이상하지.'

처음 싸웠을 때나 당혹스러웠지 지금은 아니다.

추이는 철창을 휘둘렀고 창대 중간 부분으로 낙화생의 머
리를 후려갈겼다.

빠–각!

쇠를 쇠로 때린 듯한 충격과 함께, 철창이 두 조각으로 뚝
부러져 나갔다.

동시에 낙화생 역시도 뒤로 비틀비틀 물러났다.

찌지직……

그녀의 얼굴 부분을 가리고 있던 붕대가 찢어져 나부낀다.

사회자가 경악했다.

"아앗! 난데없이 벌어진 전투! 그리고 당혹스러운 전개입

니다! 투패 낙화생의 얼굴이 공개되고 말았습니다! 아니, 그
보다 저 육중한 철창이 부러질 정도로 맞고도 안 죽는 저 여
자는 대체 사람일까요, 귀신일까요!?"

군중들의 시선이 낙화생의 맨얼굴을 향해 꽂힌다.

여기저기 꿰맨 자국이 있는 흰 얼굴.

목 아래로 얼핏얼핏 드러나 있는 부분들 역시도 꿰맨 흔적
으로 가득하다.

추이는 그럴 줄 알았다는 듯 고개를 끄덕였다.

'시귀 북궁설. 역시인가.'

파촉설산에서 겨우겨우 쓰러트렸던 나락곡의 흑야차가 그
곳에 서 있었다.

추이는 얼마 전 서세치가 했던 말을 떠올렸다.

'예전에 말입니다. 그러니까…… 두 번째로 파촉설산을 오
르던 때군요. 그때 한번 길을 잘못 들어서 쇠말뚝을 박아 넣
던 평원이 아니라 그 밑쪽의 절벽지대로 들어갔던 적이 있었
습니다.'

'토막 난 시체입니다. 그것도 아주 아리따운 여자의.'

'아주 토막토막이 나 있더군요. 추운 곳이라서 그런가 죽
을 때 그대로의 모습으로 보존되어 있었습니다. 특히 머리통
이 얼음 속에 파묻혀서는 눈을 부릅뜬 채 있는데 어찌나 무
섭던지…….'

'참 이상한 일입니다만요. 그 이후로 세 번째로 파촉설산

을 오를 때까지만 해도 그 시체가 거기 그대로 있었거든요.'

'근데 네 번째로 파촉설산을 올랐을 때, 그때는 시체가 그 자리에 없었습니다요.'

'누가 파내 간 것처럼 빙벽에 구멍이 뻥 뚫려 있었습죠. 주변에 흩어져 있던 몸뚱이나 팔다리들도 싹 수거해 간 상태였습니다.'

그 당시, 견술은 확인사살을 하겠다며 북궁설의 시체를 개작두로 토막토막 내서 절벽 아래로 떨어트렸었다.

그리고 서세치는 그것을 누군가가 싹 수거해 갔다고 했었다.

추이는 그 일의 전모를 금방 유추해 낼 수 있었다.

'홍공의 작품이겠지. 북궁설의 강시술을 훔친 것인가.'

추이는 낙화생, 아니 북궁설의 시체로 만들어진 '혈강시(血僵尸)'의 어깨 너머를 흘긋 바라보았다.

홍공. 그가 재미있다는 듯 투기장 속을 들여다보고 있는 것이 보인다.

마치 귀뚜라미 싸움을 구경하는 어린아이처럼 해맑은 시선이었다.'

…퍼펑!

이윽고, 북궁설이 본격적으로 소수마공을 펼친다.

내공은 담겨 있지 않았지만 혈강시 특유의 초인적인 육체는 여전히 강건하다.

파촉설산의 빙정을 사람 모양으로 깎아 놓은 듯한 냉기와 견고함.

그것은 북궁설의 육체 표면을 철보다도 단단하게 만들어 놓았다.

그뿐인가? 혈강시라는 것은 일반적인 강시와 달리 살아생전의 움직임을 어느 정도 수준까지는 재현해 낼 수 있다.

혼백이 남아 있어서라기보다는 육신에 깃들어 있는 기억, 즉 근육이 항시 움직이곤 하던 방향과 세기 등 각종 버릇들을 되살려내어 생전의 움직임을 흉내 내도록 하는 것이다.

이른바 '몸이 기억하는 것'을 뜻한다.

부웅- 쩍!

위에서 아래로 떨어진 북궁설의 손날이 단단한 지면을 장작처럼 쪼개 놓았다.

그러나.

'이미 수없이 겪어 봤던 몸동작이다.'

추이는 심상비무 속에서 북궁설과 싸우며 소수마공의 모든 초식들을 완벽하게 숙지하고 있었다.

왼쪽에서 날아드는 손날치기를 철창의 끝으로 흘려보낸 추이는 곧바로 절단된 반대편 철창 마디를 사용하여 반격했다.

두 자루로 나뉜 짧은 철창을 휘두르는 추이의 모습은 방금 전까지 이곳에서 쌍간자를 휘두르던 사자위의 모습을 비슷하게 재현하고 있었다.

뻐—억!

추이의 왼손에 잡힌 철창 마디가 북궁설의 허리를 가격했다.

동시에 오른손에 잡힌 철창 마디가 북궁설의 얼굴 옆면을 후려갈겼다.

…우지끈!

제아무리 단단한 몸을 지닌 혈강시라고 해도 이 정도 속도로 휘둘러지는 쇠붙이에 맞으면 휘청거릴 수밖에 없다.

"내공을 쓰지 않으면."

추이는 그 틈을 타 북궁설의 뒤를 잡았다.

"관절 뻣뻣한 시체 따위, 전혀 어렵지 않지."

동시에, 추이의 철창이 북궁설의 양쪽 팔 관절을 꺾어 누른다.

우지직! 쾅!

추이는 그대로 북궁설을 찍어눌러 흙바닥에 처박았다.

마치 주리를 트는 듯한 동작이었다.

…움찔! …움찔! …움찔!

북궁설은 추이에게서 빠져나오려고 발버둥쳤지만 그것은 불가능했다.

힘이 아무리 세더라도 관절이 꺾인 이상 움직임에 제한이 생기는 것은 당연하다.

특히나 관절 이동이 부자연스러운 강시라면 더더욱 말이다.

바로 그때.

끄덕—

관중석에서 지켜보고 있던 홍공이 따분하다는 듯한 표정으로 고개를 움직였다.

순간, 북궁설의 두 눈에서 시퍼런 빛이 뿜어져 나왔다.

쿠—오오오오오!

그녀의 입에서 녹색의 기운이 뿜어져 나오며 이내 막대한 양의 내공이 끓어오른다.

북궁설이 배 속에 적재해 두었던 짐주의 기운을 토해 낸 뒤 내력을 끌어올린 것이다.

토법고로의 삼금삼가(三禁三叮)를 어기고 폭발시키는 내공.

이내 진짜 소수마공이 추이를 향해 작렬한다.

혈강시의 무서움이 본격적으로 이 세상에 그 위용을 드러내려 하고 있었다.

물론.

"……."

홍공의 신호를 북궁설보다 먼저 간파한 추이가 아니었더라면 분명 그렇게 되었을 것이다.

콰—긱!

추이는 북궁설이 내공을 끌어올리는 즉시 그녀의 목을 팽개치고는 뒤로 물러났다.

그러고는 뒤돌아 달려드는 북궁설을 향해, 추이는 허리를 틀었다.

파-앗!

추이의 허리에 채찍처럼 휘감겨 있던 매화귀창이 모습을 드러냈다.

…철커덕! …철커덕! …철커덕! …철커덕!

순식간에 긴 창의 형태로 조립된 매화귀창은 눈 깜짝할 순간, 시뻘건 창강(槍罡)을 뿜어냈다.

키잉-

육혼의 경지에 이르러 뿜어내는 강기.

그것은 눈 깜짝할 사이에 터져 나왔고 이내 북궁설의 목을 절단 내어 몸에서 멀리 떨어트려 놓는다.

…털썩! 데굴데굴데굴-

목 잃은 몸뚱아리가 몇 번 맥없이 손을 휘젓다가 이내 풀썩 주저앉았다.

하지만.

추이의 공격은 거기에서 그치지 않았다.

…번쩍!

시뻘겋게 작렬하는 창강의 폭풍이 관중석까지 휘몰아쳤다.

쭉쭉 뻗어 나가는 참격이 노리고 있는 대상은 바로.

"······!"

죽립을 쓴 채 앉아 있던 홍공이었다.

콰ー지지직! 콰쾅! 우르릉!

꿍음과 함께 흙구름이 피어올랐다.

관중석은 아비규환이 되었다.

"으아아아아! 뭐야!? 무슨 일이야 이게!"

"투패들이 내공을 써서 싸운다아아아아아아!"

"이건 규칙 위반이잖아! 이런 빌어먹을! 어떻게 된 거야!?"

"짐주! 짐주 먹은 것 아니었어!? 경기 전에 분명 먹는 걸 봤다고!"

겁에 질린 도박꾼들이 바퀴벌레처럼 흩어진다.

그 사이로 추이는 똑똑히 목도할 수 있었다.

쿠ー오오오오오······

이쪽을 향해서 뿜어져 나오는 불길한 기운.

흙구름 속에서 번뜩이는 두 개의 눈빛.

'도발이 통했군.'

추이는 천천히 고개를 끄덕였다.

제작하는 데 엄청난 시간과 노력이 들어가는 혈강시를 파괴해 버렸고, 육혼의 경지에 도달한 창귀칭까지 보여 주었다.

이 두 개의 도발은 숨죽이고 있던 호랑이를 끌어내기에 충분한 것이다.

"⋯⋯."

홍공. 흙구름을 걷고 나타난 그가 핏발이 곤두선 눈으로 이쪽을 바라보고 있었다.

꽃잎

'어, 어떻게 된 거야 이게⋯⋯.'

사회자는 아까부터 죽을 맛이었다.

낙화생. 그리고 그녀와 싸우게 된 도전자.

둘 다 경기 전에 짐주를 마시는 것을 봤다.

한데 대체 어떻게 내공을 쓸 수 있다는 말인가.

북궁설은 강시라서 애초부터 짐주의 효과가 없고, 추이는 창귀칭이라는 마공의 특성상 만독불침지체를 가지고 있다는 사실을 그가 알 리 없는 노릇이었다.

바로 그때.

"허허허―"

또 하나의 변수가 투기장에 등장했다.

"내 애첩의 육신을 부수고 평생 공들여 만든 무공까지 훔쳐 갔으니 사내로서 어찌 보복을 망설이랴."

혈마 홍공이 내공을 끌어올리며 걸어온다.

그것을 본 추이는 생각했다.

드디어, 지금껏 기다리고 기다리던 순간이 왔다고.

홍공이 추이를 바라보며 말했다.

"아해야. 나를 끌어내리려던 것이 아니었느냐? 어디 숨겨 놓았던 패를 까 보아라. 만약 그게 변변치 않다면 너는 죽은 목숨…… 응?"

하지만 그는 말을 채 끝맺지 못하고 멍한 표정을 지을 수밖에 없었다.

추이는 홍공을 눈앞에 두고 그동안 아껴 두고 아껴 두었던 패를 바로 뒤집어 까 버린 것이다.

그것은 바로…….

쌔―앵!

삼십육계 줄행랑이었다.

굴묘편시(掘墓鞭尸)

추이는 어두운 토굴 속을 비호처럼 내달렸다.

지저의 기(氣)가 흘러가는 방향을 따라 몸을 싣자 경공의 속도는 비약적으로 빨라진다.

더군다나 수없이 많은 창귀들의 손길이 밀어주고, 끌어 주고, 당겨 주는 만큼, 추이의 경신술은 이제 초절정의 벽조차도 넘어섰다고 보는 게 맞았다.

……하지만.

"끌끌끌─ 천둥벌거숭이 필마온(弼馬溫)이로고."

창귀를 부리는 것은 홍공 역시도 마찬가지다.

"뛰어 봐야 대적광불(大寂光佛)의 손바닥 안이니라."

심지어 홍공이 부리고 있는 창귀들의 수는 추이의 것보다

월등히 많았다.

우–우우우우우우……

무수히 많은 창귀들이 피눈물을 흘리며 홍공의 발아래 깔린다.

홍공은 피로 물든 창귀들의 손바닥 위를 짓밟으며 한 마리의 고고한 학처럼 날아 추이를 뒤쫓고 있었다.

혈학익(血鶴翼).

홍공의 경신술과 보법은 이미 어떠한 경지를 한참 넘어선 상태였다.

"쯧."

추이는 점점 좁혀지는 거리를 돌아보며 혀를 찼다.

안타깝게도 추이는 홍공의 경공법을 배우지 못했었다.

추이가 홍공을 만났을 때 그는 이미 반신불수였기 때문이다.

"그만 따라와라, 노인네."

추이는 달리던 도중 허공에서 몸을 빙글 돌렸다.

회마창(回馬槍). 뒤쫓아오는 적에게 더욱 강력한 일격을 가하는 창법.

추이가 쏘아 보내는 창강을 본 홍공이 옅게 웃었다.

…쿠륵!

그의 손바닥이 붉게 달아오르는가 싶더니 이내 피를 탄 꿀처럼 끈적한 기운을 흘린다.

혈마대수인(血魔大手印).

손바닥 모양의 거대한 강기가 창강을 후려쳐 날려 보낸다.

그동안 추이는 거리를 약간 벌려 놓는 것에 성공했다.

'……서두를 것 없다. 아직까지는 계획대로.'

회귀 이후 경공술로 따라잡힌 적은 처음이었으나, 그럼에도 불구하고 추이는 여전히 냉정했다.

…퍽!

추이는 흙벽을 밟은 뒤 위로 솟구쳐 올랐다.

그리고 이내 어떤 발자국도 찍혀 있지 않은 깊은 토굴 속으로 뛰어들었다.

콰쾅!

토굴 중간 부분을 막고 있던 돌벽을 부수고 들어가자 퀘퀘한 먼지들이 떠다니는 공동이 나타났다.

이곳은 아직 도굴이 되지 않은 미지의 구역.

황릉의 중심부로 통하는 거대한 수직굴의 한 지류였다.

'거기냐.'

추이는 저 앞쪽에 있는 흐릿한 형태를 주시하고 있었다.

저 앞에서 길앞잡이 역할을 하는 창귀.

그것은 바로 이루의 왕이었던 조태범의 창귀였다.

그것은 연신 굽실굽실 고개를 숙이며 추이를 앞쪽으로 안내한다.

본디 조태범은 토법고로의 이루를 지배하며 각종 미해금

지역들을 조사하는 일을 했었다.

조태범을 죽이고 창귀로 만드는 과정에서 이 사실을 알게 된 추이에게는 퍽 뜻밖의 수확이었다.

'……이놈 덕분에 홍공을 상대할 계획을 세울 수 있었다.'

본디 창귀(倀鬼)라는 것은 주인의 겨드랑이나, 광대뼈, 턱 아래에 붙어서 길을 안내하고 함정이나 쇠뇌가 보이면 먼저 가서 그것들을 해체하는 역할을 도맡는 령(靈)의 일종이 아닌 가.

추이는 고개를 흘끗 뒤로 돌렸다.

어느새 홍공이 추이의 뒤를 바싹 따라오고 있었다.

"허허허- 잔재주는 끝이냐?"

그의 두 손아귀에서 시뻘건 기운이 이글이글 타오른다.

여차하면 곧바로 쌍장을 휘갈길 모양새였다.

그런 홍공을 뒤로한 채, 추이가 침을 뱉었다.

"퉷-"

침이 날아가 홍공의 얼굴을 향한다.

홍공이 피식 웃었다.

"이올의 피는 어지간한 무림인에게는 극독과 같다. 자신 의 것이 아닌 남의 내공을 태우고 말려 버리기 때문이 다…… 하지만 그것은 같은 창귀칭 수련자에게는 통하지 않 지. 몰랐나?"

마치 '너의 발악은 아무런 소용도 없다'라고 말하는 듯, 홍공은 추이의 침을 그냥 얼굴로 받아 냈다.

"어떠냐? 이처럼 네 피는 내게 통하지 않는다."

"알아."

하지만 추이는 태연했다.

"그냥 뱉은 거다."

"……."

홍공은 그 말을 듣고 자신의 얼굴에 흐르는 침을 살펴보았다.

과연, 침에는 피가 섞여 있지 않았다.

그냥 침인 것이다.

꿈틀—

미소 짓고 있는 홍공의 이마에 한 줄기 핏줄이 섰다.

"그만 이리 와라. 뛰기 귀찮구나."

홍공이 손에 살의를 담아 확 뻗는다.

힘도, 속도도, 홍공은 모든 면에서 추이의 상위호환이었다.

순간.

빙글—

추이가 다시 한번 돌아섰다.

당연히 창이 날아들 줄 알았던 홍공은 한쪽 손을 휘둘러 찌르기에 대비했다.

하지만, 의외로 추이는 손바닥을 펼쳤다.

화—악!

추이의 왼손에서 시커먼 와류가 터져 나왔다.

홍공이 두 눈이 커졌다.

"나찰장? 저건 나락노야의 것인데?"

하지만 추이는 홍공이 감탄하는 것을 기다려 주지 않는다.

콰콰콰콰콰쾅!

흑수나찰장(黑穗羅刹掌)의 시커먼 기운과 혈마대수인(血魔大手印)의 시뻘건 기운이 토굴의 정중앙에서 사납게 맞붙었다.

홍공이 감탄하며 말했다.

"나락노야의 제자더냐? 아니면, 설마 나락노야를 죽이고 능력을 빼앗았나? 설마! 나락노야 그 늙은이는 나조차도 부담스러운 노괴물이거늘 어찌……."

싸우면 싸울수록 추이에 대한 호기심이 점점 더 짙어지는 모양이다.

하지만.

홍공의 여유는 끝까지 이어지지 못했다.

끼릭—

어디선가 묘한 소리가 들려온다.

끼릭— 끼릭— 우드득! 따—악!

그것은 토굴을 이루고 있는 흙벽과 바닥, 천장에서 동시에 들려오는 소음들이었다.

이윽고.

퍼—펑!

무언가가 토굴의 흙벽을 부수고 튀어나왔다.

그것은 창이 아닐까 싶을 정도로 굵고 긴 한 자루의 화살이었다.

쌔애애애애액!

엄청난 기세로 쏘아져 나온 강전(强箭)이 홍공의 옆구리를 노렸다.

"뭐냐?"

홍공은 추이와 힘겨루기를 하면서도 어렵지 않게 화살을 걷어차 꺾어 버렸다.

……하지만. 화살은 고작 한 대로 끝나지 않았다.

펑! 퍼엉! 펑! 퍼퍼퍼퍼퍼퍼퍼퍼펑!

엄청난 수의 화살들이 홍공을 향해, 아니 토굴 속을 꽉 채우며 불규칙하게 날아들었다.

그때쯤 해서 추이는 내력을 거두고는 또다시 온 힘을 다해 앞으로 쏘아져 나가기 시작했다.

"이런!?"

홍공은 날아드는 화살들을 쳐 내며 이를 악물었다.

하지만 작동되는 함정과 기관진식들은 그것이 다가 아니었다.

퍼퍼퍼퍼퍼퍼퍼펑! 까라락— 까라락— 까라락— 까라락—
까라락—

추이는 토굴 속에 존재하는 온갖 종류의 덫들을 죄다 작동시켰다.

그것들은 오랜 시간, 가장 용맹한 도굴꾼들마저도 무서워서 감히 들어오지 못했던 구역을 지키고 있었고 심지어 지금껏 지상의 공기와 완전히 차단되어 있었던지라 보존 상태가 아주 양호했다.

콰—지지지지직!

거대한 곰덫이 양옆에서 튀어나와 통로 전체를 삼켜 버릴 듯 이빨을 앙다문다.

홍공이 두 손바닥을 뻗어 덫의 이빨을 잡아채는 순간.

촤—아아아아아아아악!

천장에서 별안간 엄청난 양의 수은이 폭포처럼 쏟아지기 시작했다.

"……."

추이는 그 모습을 보며 사자위가 했던 경고를 떠올렸다.

'안으로 들어가거든 사람 발자국이 찍혀 있는 곳으로만 다녀라. 아직 도굴되지 않은 구역으로 들어갔다가는 오래된 함정들이 작동할 수 있다. 뭐, 아직 도굴되지 않은 보물들을 찾을 생각이라면야 말리지는 않겠다만.'

그 말은 정말로 사실이었던 것이다.

추이는 발걸음에 더더욱 박차를 가했다.

그러면서도 눈을 감고 주변에 미리 깔아 놓았던 복병들의 보고를 받는다.

ㅊㅊㅊㅊㅊㅊㅊㅊ……

나락설태.

지금껏 추이가 토법고로 전체를 돌아다니면서 바람에 흘려보냈던 수많은 포자들이 추이의 의사에 따라 함정들을 작동시킨다.

창귀들의 길안내와 나락설태로 인한 의사 조종이 추이의 손이 닿는 범위를 수십, 수백 배로 확장시키고 있었다.

그 결과.

콰콰콰콰콰콰쾅!

추이를 뒤쫓아오던 홍공은 별안간 터져 나오는 함정과 기관진식들에 의해 곤혹을 치르고 있는 것이다.

'이 순간을 기다렸다.'

추이는 홍공을 유인하여 지저의 함정굴에 묻어 버리기 위하여 이 모든 것을 계획했다.

토법고로에 들어오고, 연승을 거두고, 별호를 알리고, 호사가들이 소문을 퍼트리게 하고, 자신의 위명세를 듣고 찾아오는 수많은 복수귀들을 하나하나 물리쳤다.

그리고 그 결과, 대어가 낚인 것이다.

"허허- 빌어먹을 일이로고."

홍공의 차림새가 점점 너덜너덜해지기 시작했다.

제아무리 한 시대를 풍미했던 혈마라고 할지라도 이런 좁은 토굴 속에서 퍼부어지는 함정 세례에 멀쩡할 리가 없다.

문득, 추이는 회귀하기 전의 과거를 떠올렸다.

그 강하고 무서웠던 홍공도 결국에는 정, 사, 마 고수들의 합공을 받아 반신불수가 된 채 변방 오랑캐들과의 전장에서 눈을 감았다.

심지어 그때의 홍공은 무려 육혼의 사 층계에 올라 있던 몸.

지금의 홍공은 그때보다 훨씬 더 약한 상태가 아닌가.

'……그러니 내가 못 이길 이유가 없다.'

추이는 이곳에서 홍공을 죽일 생각이었다.

만약 죽이지 못한다고 해도 최소한 불구로 만들어 버릴 계획이다.

…번쩍!

추이는 빗발치는 함정들 사이로 다시 한번 창을 휘둘렀다.

매화귀창의 끝에서 폭사되는 시뻘건 창강이 화살과 덫, 수은의 파도 사이로 쏜살같이 날아들어 홍공의 목을 노렸다.

"……!"

홍공의 표정이 처음으로 굳었다.

육혼 제일 층계의 공력이 담겨 있는 추이의 일격은 절대로 가볍게 볼 수 없는 것이다.

홍공은 별수 없이 팔을 휘둘러 내력의 폭풍을 만들어 냈고 그것으로 찔러들어오는 참격을 걷어 내야 했다.

"갈(喝)!"

늙은 호랑이의 노기가 폭사되며 추이의 참격을 산산조각 낸다.

핏–

하지만 홍공의 손바닥과 팔에도 가느다란 혈선 한 줄기가 그어졌다.

그것을 본 추이는 또다시 무표정한 얼굴로 돌아서 달렸다.

어느덧, 기나긴 토굴이 끝나고 드넓은 공동이 등장했다.

추이는 앞을 가로막는 토벽 몇 개를 부수고는 그 안으로 진입했다.

이곳은 아직 도굴이 되지 않았기에 벽과 바닥의 금과 은, 보석들로 이루어진 벽화들이 비교적 잘 보존되어 있었다.

화르륵–

아직도 등불에 불이 켜져 있는 것이 보인다.

위에서 떨어져 내리는 정체를 알 수 없는 향유가 영원토록 꺼지지 않는 불꽃을 빚어내고 있었다.

졸졸졸졸졸졸……

그 옆으로는 얕게 흐르고 있는 수은의 폭포들이 벽을 온통 뒤덮고 있다

공간의 중앙에는 몇 개의 축대가 솟아 있었고 그 위에는 각종 금은보화들이 산더미처럼 쌓여 있었다.

축대들의 가운데에는 높은 제단이 자리해 있었고 그 위에

는 황금과 옥으로 장식된 커다란 관짝이 보였다.

황릉의 주인이라기보다는 그가 살아생전 총애했던 처, 혹
은 첩의 관이 안치된 공간이 아닐까 싶었다.

추이가 공간의 안쪽으로 들어서는 바로 그 순간.

…콰콰쾅!

뒤쪽의 토굴이 추가로 붕괴되더니 거대한 흙먼지 구름이
일어났다.

그 안에서 시뻘건 그림자가 일렁거린다.

"끌끌끌끌…… 도망은 끝이냐?"

홍공. 그가 만신창이가 된 차림새로 걸어오고 있었다.

놀랍게도, 그 많은 함정들을 뚫고 왔음에도 불구하고 홍공
은 몸에 상처 하나 입지 않았다.

추이의 창에 입은 손바닥의 상처 한 줄기를 제외하고는 말
이다.

"내 피를 보는 것이 얼마 만인지 모르겠군. 놀라워, 심지
어 잘 아물지도 않는구만."

"……."

"그래서. 이게 끝이냐고 물었다, 아해야."

홍공의 미소는 일견 인자해 보이지만 그 뒷면에는 끝간 데
를 모를 살의가 숨겨져 있다.

추이는 두말할 것 없이 곧바로 창을 날렸다.

과거 남궁천에게서 승리를 거머쥐게끔 만들어 준 일격.

그것이 홍공을 향해 다시 한번 폭사된다.

한번 꿰뚫리면 두 번 다시 빠져나올 수 없는 무시무시한 창날.

붉게, 거칠게, 폭력적으로 쇄도하는 참격의 질주.

그 당시 이올의 이 층계에 불과했던 추이의 경지는 지금 육혼의 일 층계에 이르렀다.

그때와는 감히 비교조차 할 수 없는 묵직하고 살벌한 일격이 홍공의 심장을 향해 쏘아져 나갔다.

하지만.

"놈. 감히 누구 앞에서!"

홍공은 이미 추이의 경지를 아주 오래전에 주파한 대선배.

무려 육혼의 삼 층계에 올라 있는 절대고수다.

추이와 홍공의 힘은 마치 산의 입구와 정상의 차이만큼이나 현격한 것.

그것은 정면승부로는 절대로 극복할 수 없는 격차였다.

…콰긱! 콰직! 콰콰콰콰콰쾅!

홍공의 손바닥에서 뻗어 나간 시뻘건 기운은 추이의 창강을 모조리 깨부수고 나아가 추이의 가슴팍을 후려갈겼다.

커헉ㅡ

추이는 입에서 피를 한 가득 토해 냈다.

창을 땅에 박아 넣고도 뒤로 십수 장을 밀려난 추이.

겨우 쓰러지지 않을 수 있었지만 한눈에 보기에도 내상이 심각해 보였다.

입가에서 뚝뚝 떨어지고 있는 끈적한 피가 그 사실을 증명했다.

후두둑— 후둑—

추이가 피를 토해 내는 앞으로 홍공이 여유롭게 걸어온다.

"이상하다. 참으로 이상한 일이야."

"……."

"네놈의 실력은 아무리 살펴보고 살펴봐도 육혼의 경지에 이르렀다고 밖에는 볼 수가 없어. 하면? 대체 어떤 과정을 통해서 그 경지에 올라섰지? 굴각(屈閣)의 경지를 거치지 않았나? 이올(彝兀)의 경지는? 이 두 과정을 거치는 동안에 이성을 상실하고 폭주하는 과정이 없었던가? 어째서이지? 만약 폭주의 과정을 거쳤다면 이미 주화입마를 겪었거나 마두로 몰려서 무림공적이 되었어야 할 터. 아니면 이미 세외무림에서 날뛸 대로 날뛰다가 중원으로 건너온 것인가? 대체 아해야, 네 정체는 뭐냐? 대체 어떻게, 무슨 경로로 그 나이에 그만한 성취를 이룰 수 있었던 것이냐?"

주점 짬통에서 만났을 때와 같이, 홍공은 추이에 대해서 궁금한 것이 무척이나 많았다.

그래서 당장 손바닥으로 후려쳐 죽이지 않은 채 대답을 기다리는 것이다.

"으응? 아해야. 솔직하게 말해 다오. 그렇다면 내 너를 죽이지 않으마. 살려서 중히 쓸 수도 있다. 우리가 손을 잡으면 천하를 오시하는 것쯤이야 무에 대수겠느냐?"

홍공은 추이를 향해 다정한 목소리로 말을 건넨다.

부축을 위해 손까지 뻗는 것을 보고 있노라면 영락없이 손자를 위하는 할아버지의 모습 그 자체다.

그러나.

"좆까."

추이의 태도는 여전히 단호했다.

이윽고, 추이는 다음 계획에 들어갔다.

'지형은 완벽하다. 여기에 지금껏 뿌려 놓았던 나락설태의 포자, 그리고 혼원일기극의 묘리를 사용한다면…… 능히 이곳을 홍공의 무덤으로 만들 수 있다.'

치밀하게 설계해 왔던 대로, 이곳에서 홍공을 잡는다.

추이는 매화귀창을 꽉 잡은 채로 최후의 일전을 준비했다.

……바로 그때.

추이의 입가에서 흘러내린 피가 턱선과 목젖, 가슴팍을 타고 아래로 늘어졌다.

똑!

한 방울의 피.

그것이 텅 비어 있는 공동의 바닥에 떨어져 내린다.

바로 그 순간.

파─앗!

추이도, 홍공도 예상하지 못했던 이변이 벌어지기 시작했다.

별안간 어두운 바닥 중앙에서 붉은 빛기둥이 터져 나오는가 싶더니 이내 천장까지 쭉 뻗어 올라가 하나로 연결된다.

기─기기기기긱!

바닥과 천장에 붉은 빛의 복잡한 방진(方陣)이 새겨지는 동시에.

쏴─아아아아아아아아……

난데없이 허공에서 비가 내리기 시작했다.

"……?"

홍공은 황당하다는 듯한 표정으로 고개를 들어 빗방울을 맞았다.

이것은 사루에 내리던 끈적한 오물비가 아닌, 지상의 하늘에서 떨어져 내리는 것과 똑같은 진짜 비였다.

동시에, 주변의 풍경 역시도 변해 가기 시작했다.

부러진 병장기, 죽어 널브러진 군마, 시커먼 진흙, 쏟아지는 비와 피어오르는 포연, 그리고 시체, 또 시체…….

"뭐냐? 이게 대체 무슨 진법인고?"

세상 만물에 해박한 홍공조차도 처음 보는 기현상이다.

하지만.

"……!"

오직 추이만은 이 풍경 앞에서 전율하고 있었다.

익숙하다.

너무나도 익숙한 풍경이 펼쳐지고 있다.

눈앞에 보이는 이 전장을 어찌 잊겠는가?

이곳은 회귀하기 전, 추이가 홍공을 마주했던 바로 그 장소였다.

꺼기긱- 꺼기긱- 까가가가가각……

축대 아래에 있는 발조(發条) 장치들이 서로 맞물려 돌아가기 시작했다.

옥을 깎아 만들어 낸 물레와 황금으로 된 바퀴들이 회전하자 벽과 천장, 바닥에 수없이 많은 진법의 문양이 형성되었다.

파아앗-

그 모양은 마치 하늘의 별자리들을 그대로 옮겨 온 듯했다.

그것들은 마치 정말로 하늘에 떠 있는 듯 천천히 공전했고 천기의 흐름과 변화를 똑같이 재현해 내고 있었다.

현시대보다 훨씬 더 발전한 천문법(天文法).

어찌하여 오래전에 사라진 문명의 천문학 수준이 현재보다 더 발달해 있는지는 모르겠으나, 이곳 황릉 안은 분명 밤

하늘 삼라만상의 진리를 일부나마 한 폭의 풍경으로 재현해 내고 있는 것이다.

출렁―

수은들이 균열을 따라 퍼지며 수많은 별자리들을 만들어 낸다.

그와 동시에, 기묘한 환청이 들려왔다.

'출탁록기(出涿鹿記), 등장백산(登長白山), 해동귀환(海東歸還).'

탁록을 떠나, 장백산을 오르고, 해동으로 돌아가는 이야기.

그것은 추이의 핏방울이 떨어진 곳에서부터 부글부글 끓으며 가열차게 울려 퍼진다.

파―앗!

추이의 핏방울이 떨어진 곳에서부터 붉은 빛기둥 하나가 솟아올라 은빛의 별자리들 사이, 정중앙에 자리 잡았다.

붉은 천살성(天殺性).

동두철액의 기운을 발하고 있는 시뻘건 별이 불길한 빛을 발한다.

힘차게 돌아가는 황금 수레바퀴들 사이로 육십 갑자의 마방진이 누런 기운을 내뿜는다.

동시에.

쏴―아아아아아아……

허공에서 빗방울이 떨어졌다.

그것은 추이의 옛 기억 속, 회귀하기 전의 전장을 그대로 재현해 내고 있는 것이다.

千古奇才橫空賢
-기이한 재주가 하늘을 덮는 천고의 현자여
可堪幷論炎黃間
-염제와 황제 둘이라도 어찌 비하랴
五兵刑法君始点
-다섯 무기와 형과 법이 여기에서부터 시작했으니
九黎生气冲云天
-구리 백성들의 사기는 하늘을 찌르는도다
席卷中原华夏联
-염제와 황제를 누르고 중원을 석권하니
血染江河五千年
-피로 물든 강물이 오천 년을 흐르네
英名不因涿鹿败
-영웅의 이름은 탁록 패전으로도 가릴 수 없으니
老黑石山百花鲜
-흑석산 온갖 꽃들 여전히 붉네
怒髮衝冠憑欄處 瀟瀟雨歇

－성나 곤두선 머리칼이 관을 뚫고, 난간에 기대어 쓸쓸히 그쳐 가는 비를 바라보네

抬望眼仰天長嘯 壯懷激烈!

－하늘을 올려다보며 크게 소리쳐 부르짖으니, 장사의 감회가 끓어오른다.

三十功名塵與土 八千里路雲和月

－삼십 년의 공명은 한낱 먼지에 불과하고, 팔천 리 내달렸던 길은 구름과 달빛처럼 흔적도 없구나.

莫等閒 白了少年頭 空悲切

－비감하고 애절하도다, 검던 머리칼이 어느새 희어졌으니 어찌 더 이상을 기다릴 수 있으랴.

靖康恥猶未雪 臣子恨何時滅

－정강의 치욕을 아직도 설욕하지 못했으니 어느 때나 신하로서의 한을 풀 수 있을 것인가.

駕長車 踏破賀蘭山缺

－전차를 몰아 하란산을 짓밟아 무너뜨리리라.

壯志饑餐胡虜肉 笑談渴飮匈奴血

－배가 고프면 오랑캐의 살로 창자를 채우며, 목이 마르거든 흉노의 피로 축이리라.

待從頭 收拾舊山河 朝天闕

－옛 강토를 다시 되찾은 후에야 천자를 만나 뵈러 가리라.

어디선가 두 개의 노랫소리가 들려온다.

그것들은 끊길 듯, 말 듯, 기묘하게 뒤섞여 마치 하나의 노래인 것 같다.

"……."

추이는 기관진식이 보여 주는 환상을 가만히 주시했다.

시공간을 뛰어넘어, 과거와 현재가 뒤섞여 전혀 다른 제삼의 현상을 만들어 내는 현상.

육혼의 경지에 오른 뒤부터 이런 일을 겪는 것이 부쩍 잦아졌다.

세간에서는 절대고수들만이 겪는다는 이런 부분적인 초현실을 '기 얽힘' 현상이라고 부른다.

'이것이 바로 호연지기 이론의 기본 개념인 '기 얽힘' 현상이다. 얽혀 있는 두 호연지기는 그중 어떤 것을 관측, 측정하든 간에 그 즉시 같은 특성을 띠게 되지. 하늘의 별자리들을 자세히 살펴보면 그 즉각적인 변화를 관측할 수 있다.'

한때 추이가 등천학관의 생도들에게 강의했던 그대로였다.

'……하나 신기하군. 이는 내가 기억하고 있는 회귀 전과 완벽하게 똑같지 않은가.'

이곳은 회귀하기 전, 추이가 홍공을 마주했던 장소였다.

정확히는 목이 잘려 죽은 홍공을 말이다.

당시, 추이는 천신만고 끝에 약재들을 가지고 돌아왔다.

그리고 돌아와 보니 홍공은 목만 남은 채 죽어 있었다.

이후 추이는 죽어 가고 있던 전우 호예양과 대화를 하게 되고, 그녀의 사후 오자운과 만나게 된다.

……그리고 지금 추이가 보고 있는 것은.

'끌끌끌. 무어냐?'

이제 막 최후를 향하여 흘러가고 있는 홍공의 원래 운명이었다.

사실 홍공이 마지막에 어떤 모습이었는지 추이는 정확히 알지 못한다.

회귀하기 전, 홍공을 죽인 이는 추이가 아니라 호예양이었기 때문이다.

'맹랑한 것. 이제야 독니를 드러내는 게야?'

'……'

지금 눈앞에서는 홍공과 호예양이 대치 중이다.

홍공은 몸이 많이 회복되었다고는 하나 하반신을 아예 움직이지 못하는 불구.

온몸이 화상투성이인 호예양은 이제 막 굴각의 십 층계를 오른 몸이다.

홍공은 비를 맞으며 웃었다.

'네깟 놈이 나를 죽일 수 있을 것 같으냐?'

'그러지 않는다면 너는 우리 둘을 죽이겠지.'

'조금 더 일찍 쳐죽였어야 했는데. 한발 늦었구나.'

호예양이 홍공을 향해 칼을 빼 들었다.

홍공은 손바닥에서 미약하게나마 붉은 기운을 피워 올렸다.

'너 같은 미물과 생사결이라니. 끌끌끌…… 내가 이런 곳에서 뭘 하고 있는 건지…….'

'뒈져라. 마두.'

호예양이 칼을 들고 달려들었다.

이윽고, 호예양의 칼이 홍공의 가슴을 찌른다.

동시에 홍공의 손 역시도 호예양의 가슴을 파고들었다.

'컥!'

먼저 피를 토한 쪽은 호예양이었다.

홍공의 손은 호예양의 가슴팍 정중앙에 꽂힌 반면 호예양의 칼은 홍공의 왼쪽 가슴을 빗겨 찔렀을 뿐이다.

'끌끌끌…… 그동안 약재를 구해 오느라 고생 많았다. 황천길 앞에서 기다리거라. 곧 네 친구도 함께 보내 줄 터이니.'

'…….'

바로 그 순간.

쿠르륵-

호예양이 전신의 마기를 폭사시켜 불길을 만들어 내기 시작했다.

홍공은 비웃었다.

'삼매진화(三昧眞火)라. 그런 미약한 불길로 나를 태워 죽이겠다고? 되레 네 기혈만 터져 나갈 뿐이다. 스스로 죽음을 재촉하는구나.'

하지만, 호예양의 눈빛은 진심을 담고 있었다.

쿠르르륵—

호예양이 단전 속의 모든 공력을 폭발시켜 만들어 낸 삼매진화의 불길은 순식간에 그녀의 옷소매를 타올라 주변으로 번져 나갔다.

미리 기름을 먹여 두었던 탓일까, 불은 그녀의 옷 전체를 집어삼키며 거세게 타올랐다.

'......?'

홍공은 자신이 앉아 있는 지면 아래까지 밀려드는 불길을 보고 눈을 부릅떴다.

호예양이 말했다.

'네가 항상 앉는 자리에 뇌관을 심어 두었다.'

'뭣?'

'멍청한 놈. 내가 뭐 하러 매일 네 잠자리를 살뜰히 살폈다고 생각했나. 조금씩, 조금씩, 매일 한 줌가량의 폭약을 묻어 놓았던 거야.'

홍공은 자신이 깔고 앉아 있던 짚더미를 내려다보았다.

과연, 수북하게 쌓인 짚과 낙엽 밑으로 희고 검은 가루들이 즐비하다.

불길은 주변의 모든 것들을 사납게 불사르며 흙거죽 속까지 열기를 전달했다.

이윽고.

콰─콰콰콰콰쾅!

커다란 폭발이 터져 나왔다.

후두둑─ 후두둑─ 후둑─

참호 속에 흩뿌려지는 육편들의 끝에는.

…툭! 데굴데굴데굴데굴……

바로 홍공의 머리가 있었다.

호예양은 폭발의 파편들로 인해 한층 더 만신창이가 된 채 참호 벽에 기대었다.

"……."

추이는 이를 악물었다.

저 뒤부터는 추이도 기억한다.

목이 잘린 채 죽은 혈마.

그리고 온몸의 구멍에서 피를 쏟아 내고 있는 호예양.

멍한 표정을 짓고 있는 추이를 향해, 호예양은 쓰게 웃었다.

'*알고 있었지 않으냐. 홍공은 어차피 우리를 살려 놓을 생각이 없었다. 내가 조금 더 먼저 움직였을 뿐이지.*'

'*……*'

'*울지 마라. 불구 노인네 하나 죽이는 것쯤 아무것도 아니*

었다.'

폭우 속에 천천히 식어 가는 형제 앞에서 추이는 오랫동안 앉아 있었다.

그런 기억이 난다.

…꽈아악!

매화귀창을 쥔 손에 더더욱 힘이 들어갔다.

만악의 근원, 모든 비극들의 홍수가 지금 눈앞에 있다.

추이는 다시 한번, 이 자리에서 홍공을 확실하게 죽여 없애리라 마음먹었다.

그런데, 바로 그 순간.

"으―아아아아아아아아아!"

옆에서 쩌렁쩌렁한 절규가 터져 나왔다.

"마, 말도 안 돼! 뭐, 뭐야!? 저게 뭐란 말이냐!?"

추이가 고개를 돌린 곳에는 홍공이 서 있었다.

그는 기관진식이 보여 주는 추이의 과거를 보며 두 눈을 찢어질 듯 부릅뜨고 있다.

덜덜덜덜……

쩍 벌어진 입에서 침이 흘러나온다.

홍공은 파들파들 떨리는 손가락을 들어 어딘가를 가리켰다.

그곳은.

"내, 내 목이 왜 저기에 있어!? 나의 교단은!? 나의 대업은!?"

잘려 나간 자신의 목이 놓여 있는 자리였다.

맨 처음 추이는 미간을 찡그렸다.

홍공이 왜 저렇게 격한 반응을 보이는지 알지 못했기 때문이다.

……하지만.

'그렇군.'

이내 추이는 돌아가는 상황을 눈치껏 짐작해 낼 수 있었다.

홍공은 지독한 운명론자다.

그는 하늘의 기운을 살피고 별의 움직임을 예측하여 미래를 예견하는데 이를 절대적으로 믿는 경향이 있다.

추이는 언젠가 홍공에게서 들었던 가르침 한 토막을 떠올렸다.

'하늘의 저 별들은 아주 멀리 떨어져 있다. 그래서 언뜻 보기에는 당장 바로바로 움직이는 것 같아 보여도 기실은 오래전에 움직였던 것을 인간이 뒤늦게 관측하는 것이다. 그러니 밤하늘에 별안간 새로운 별이 뜨거나 기존의 별이 지더라도, 그것은 갑자기 벌어진 이변이 아니라 이미 수백 년, 수천 년, 아니 수만 년 전부터 예정되어 있었던 운명이라는 뜻이니라.'

모든 것은 이미 다 정해져 있고 그것은 한낱 인간의 힘으로는 바꿀 수 없다는 것이 홍공의 평소 지론이다.

……하면?

지금 벌어지고 있는 이 일련의 기현상들을 홍공은 어떻게 해석할 것인가.

고도로 발달해 있던 고대의 천문학.

이 정체모를 기관진식 속 마방진이 보여 주고 있는 기 얽힘 현상과 추이의 과거.

하지만 이 풍경이 추이의 과거 기억이라는 것은 오직 추이만이 알고 있는 사실이다.

그러니까, 현재 홍공의 입장에서는 다소 뜬금없는 장면들의 연속인 셈.

"……."

추이의 머리가 빠르게 회전했다.

만약 지금 펼쳐지고 있는 이 장면들이 앞으로 펼쳐질 미래인 양 속일 수 있다면?

그렇다면 '미래는 이미 운명으로 굳어진 채 정해져 있다'라고 믿는 홍공의 마음은 어떻게 될 것인가.

그의 평정심은, 그의 이성은, 그의 신념은, 과연 흔들릴 것인가?

찰나를 찰나로 나누어 쪼갠 것밖에 되지 않는 그 짧은 시간 속에서, 추이의 두뇌는 마귀처럼 회전했고 이내 가장 교활하고도 사악한 흉계를 꾸며 내었다.

"내 정체가 무엇이냐고 물었었지?"

"……!"

추이의 나지막한 목소리에 홍공이 퍼뜩 고개를 돌린다.

불안하게 흔들리는 붉은 눈동자를 바라보며, 추이는 나지막하게 한마디를 내뱉었다.

"나는 필연적인 존재다."

"……?"

추이의 말을 들은 홍공의 눈썹이 확 꺾여 올라간다.

그동안 홍공의 수많은 면면들을 봐 왔던 추이는 그가 미약하게나마 동요하고 있다는 사실을 눈치챌 수 있었다.

눈썹의 모양, 이마에 맺힌 땀방울, 쭈뼛 곤두선 머리카락, 가늘게 떨리는 눈 밑 주름, 팽창되어 있는 동공, 바싹바싹 말라 있는 입술, 뻣뻣하게 펴진 허리, 어설프게 모여 있는 손가락, 엉거주춤한 다리, 자꾸만 위치를 바꾸는 발가락…….

이 모든 것들이 다 내적 흔들림을 알리는 신호들이 아니겠나.

추이는 계속해서 말했다.

"나는 인과율의 집행자. 운명의 심판대에 서 있는 별들을 대신해 내려온 차사(差使)이니라."

"무슨 헛소리냐?"

"단순한 헛소리가 아니라는 것은 네 자신이 가장 잘 알 터."

"……."

홍공은 떨리는 표정으로 고개를 돌렸다.

수없이 많은 기관진식들이 복잡하게 움직인다.

끼릭- 끼릭- 끼릭- ㄷㄷㄷㄷㄷㄷㄷㄷㄷ……

거북이의 등껍질처럼 갈라진 균열들이 육십 갑자의 마방진을 재현해 내며 은빛으로 빛나고 있었다.

그것들은 천기(天機)의 아득한 정보량을 담은 채로, 그렇게 표현할 길 없는 신비로움을 뿜어내며 천천히 공전하는 것이다.

기관진식을 이루고 있는 복잡한 장치들과 수식들을 본 홍공은 황망한 태도로 중얼거렸다.

"백만의 인부들을 동원하여 판 굴. 지하수가 다섯 번 터져 나올 정도로 판 무덤. 구리를 쌓고 수은을 부어 만든 내부. 위로는 하늘의 모습을, 아래로는 땅의 모습을 갖추고 인어의 기름을 짜 영원히 꺼지지 않는 등불을 태운다……."

홍공의 동공이 파르르 떨린다.

굵은 식은땀 방울이 이마에서 뚝뚝 떨어져 내리고 있었다.

"문자와 수레바퀴, 우물, 활, 배, 달력, 율려, 그리고 의복과 거울의 형태…… 그렇다면 이곳은 필시 헌원(軒轅)의……."

그 순간.

파아아아앗!

홍공의 중얼거림에 화답이라도 하듯, 수은이 만들어 내고 있는 별자리들의 한가운데서 붉은 빛기둥이 폭사했다.

추이의 핏방울에 반응하는 기관진식.

그것은 추이조차도 흠칫 놀랄 정도로 강렬한 기운을 뿜어 내고 있었다.

쿠—우우우우우우!

이윽고, 붉은 빛기둥은 이내 거대한 도깨비의 형상으로 변모해 간다.

네 개의 눈, 여섯 개의 팔, 거대한 뿔과 발굽, 구리로 된 머리와 쇠로 된 이마.

주변에는 혈액처럼 시뻘건 농무(濃霧)가 피어나 온 세상을 삼켜 버릴 듯 넘실거린다.

홍공이 저도 모르게 한마디를 더 중얼거렸다.

"옛 천자(天子)인가…… 정말 이 모든 것은 별들의 예언이었나……."

넋이 나간 듯 중얼거리는 홍공의 주위로 붉은 가면을 쓴 이들의 환영이 나타났다.

그들은 불길을 따라 너울너울 춤추며 노래를 부른다.

千古奇才横空贤
−기이한 재주가 하늘을 덮는 천고의 현자여
可堪并论炎黄间

－염제와 황제 둘이라도 어찌 비하랴

五兵刑法君始点

－다섯 무기와 형과 법이 여기에서부터 시작했으니

九黎生气冲云天

－구리 백성들의 사기는 하늘을 찌르는도다

席卷中原华夏联

－염제와 황제를 누르고 중원을 석권하니

血染江河五千年

－피로 물든 강물이 오천 년을 흐르네

英名不因涿鹿败

－영웅의 이름은 탁록 패전으로도 가릴 수 없으니

老黑石山百花鲜

－흑석산 온갖 꽃들 여전히 붉네

　호랑이 고기와 곰 고기를 뜯어먹으며 춤추고 노래하는 붉은 얼굴의 괴물들.

　그것들의 환상은 피를 뿜어낸 듯 붉은 혈기(血氣)의 연무(煙霧) 속에서 둥실둥실 덩실덩실 휘적휘적 떠다닌다.

　'이것들은……'

　추이 역시도 이런 환상을 본 적이 있다.

　그동안 죽을 고비를 넘길 때마다 아득한 의식 너머, 심상 세계의 저편에서 자신을 기다리던 이들.

'출탁록기(出涿鹿記), 등장백산(登長白山), 해동귀환(海東歸還).'

유년 시절에 배웠던 호흡법을 따라 운기할 때면 늘 알아들을 수 없는 환청이 들려오곤 했었다.

그 덕분에 굴각과 이올의 단계에서 발생할 수 있는 주화입마와 폭주 현상을 겪지 않아도 되었지만, 추이는 아직도 이것이 어떤 원리로 가능한 것인지 정확히 파악하지 못하고 있었다.

'……아마 이것이 무의식중에 나락노야를 꺾을 수 있게 만들어 주었던 바로 그 힘이겠지.'

추이는 알지 못하는 것들은 깊게 생각하지 않기로 했다.

어차피 지금 고민해 봐야 답이 나오지 않으니 당장 중요한 것에만 집중하는 것이 옳다.

지하의 별들이 보여 주는 현실과 환상의 경계에서, 추이가 다시 한번 쐐기를 박았다.

"나는 천상의 삼천대천세계(三千大千世界) 중 제 백팔수미세계(百八須彌世界)에서 내려온 성좌(星座)이자 신선(神仙)이다. 금륜(金輪)의 대지 위에 존재하는 아홉 대산과 여덟 대해(九山八海)의 뜻을 대변하기 위해 그간 네 앞에 나타났던 것이다."

"……. ……. ……."

홍공은 도무지 믿을 수 없다는 듯 주춤주춤 물러섰다.

추이는 그런 홍공을 뒤따라가며 계속해서 말했다.

"더 이상의 헛된 꿈과 몸부림은 그만두어라. 네가 꿈꾸는 대업은 실패로 끝난다. 너의 운명은 변방의 초라한 참호 속에서, 하잘것없는 어린아이들의 놀잇감이 되어 끝나게 설계되었다."

"그, 그럴 리가 없다!"

"너는 몸도 마음도 불구가 된 채, 그 누구의 사랑도 존경도 인정도 받지 못한 채로, 이 세상에서 가장 외롭고 쓸쓸한 죽음을 맞이하게 될 것이다."

"닥쳐라!"

홍공이 버럭 소리 질렀다.

그의 두 눈에는 칼날과도 같은 핏발이 시뻘겋게 곤두서 있었다.

우직- 우지직- 우지끈!

홍공의 기세가 닿은 벽과 천장, 바닥이 쩍쩍 갈라지기 시작했다.

그곳으로 수은의 고랑들이 생겨나며 천기(天氣)의 흐름이 급격히 불안정해진다.

지금껏 단 한 번도 자신의 행보에 확신이 없었던 적이 없는 절대자(絕對者).

모든 것의 미래를 점치며 운명과 인과율을 엿봐 오던 누설자(漏泄者).

예정된 수순과 고정된 결과를 맞이하는 꿈을 꾸던 천기자(天機者).

……하지만 그에게는 치명적인 결점 하나가 있었다.

바로 제 자신의 운명만은 읽어 내지 못한다는 것이다.

추이는 매화귀창을 잡았다.

"나는 이 자리에서 천존(天尊)들의 뜻을 대신하여 너를 마땅히, 필연적인 결과로 안내하리라."

"입 닥쳐라! 쥐새끼야! 어디서 같잖은 거짓을……!"

홍공은 눈앞으로 시뻘건 혈수를 내질렀다.

콰─콰콰콰콰쾅!

창귀들이 토해 내는 비명소리와 함께, 주변의 별무리들이 크게 흔들린다.

그때, 홍공의 귓가로 이질적인 웃음소리가 스쳐 지나갔다.

[히히히히히……]

자신의 것이 아닌 창귀가 흘리는 비웃음.

화들짝 놀란 홍공이 고개를 돌린 곳에는 추이가 창을 휘두르고 있었다.

"만약 거짓이라면, 내가 어찌 네놈의 무공인 창귀칭을 익힐 수 있었겠느냐? 일부러 열화시켜 놓은 판본이 아닌, 네놈이 그렇게도 꽁꽁 숨겨 두었던 '완벽한 창귀칭'을 말이다."

"그 입……!"

홍공이 무어라 소리치려는 순간, 추이의 창이 작렬했다.

…번쩍!

폭사되는 살의(殺意), 강맹한 진기(眞氣).

이것은 의심할 여지없이, 틀림없는 창귀칭의 기운이 맞다.

'있을 수 없는 일이다! 어찌……!'

홍공은 부랴부랴 두 손바닥을 들어 추이의 창을 막아 내야 했다.

과─콰콰콰콰쾅!

쇠와 손바닥이 부딪쳤는데 수천 근의 화약이 터지는 듯한 소리가 났다.

나부끼는 포연 속에서, 홍공은 과거의 일을 떠올렸다.

'하늘의 별들이 움직이는 것을 보면 대략 짐작할 수 있습니다.'

'아하, 별점을 쳤던 게로군.'

'하늘의 저 별들은 아주 멀리 떨어져 있지요. 그래서 언뜻 보기에는 당장 바로바로 움직이는 것 같아 보여도…… 기실은 오래전에 움직였던 것을 인간이 뒤늦게 관측하는 것이랍니다.'

'그렇소?'

'그렇습니다. 즉, 새로운 살성(殺星)이 갑작스럽게 출현해서 제 제자의 별을 집어삼킨다고 하더라도…… 그것은 갑자기 벌어진 이변이 아니라 이미 수백 년, 수천 년, 아니 수만 년 전부터 예정되어 있었던 운명이라는 뜻이지요.'

북궁설을 구워삶을 적에 나누었던 대화.

하지만 그때 했던 홍공의 말은 결코 거짓이 아니었다.

홍공의 두 눈알이 파르르 진동하기 시작했다.

'······내가 실패할 운명?'

단 한 번도 품어 본 적 없던 의심이 똬리를 풀고 고개를 들어 올린다.

'만약 그렇다면, 나는 지금껏 무엇을 위하여 이리도 열심히 살아왔다는 말인가?'

대업을 이루기 위해 지금껏 달려왔던 인고의 고행길.

그동안 이 과정을 참고 버텨 낼 수 있었던 것은 언젠가 삼황오제(三皇五帝)나 그 너머에 있는 삼청선협(三淸仙俠)의 반열에 오를 수 있을 것이라는 확신과 기대 때문이었다.

홍공은 미친 사람처럼 중얼거렸다.

"······원시천존이여, 나를 당신 곁에 두시고 신선들 중에 세우소서."

그는 지금 흔들리는 심상세계를 다잡기 위해 무진 애를 쓰고 있었다.

······그리고 추이는 그 찰나의 빈틈을 놓치는 인물이 아니었다.

콰─직!

허점을 노리고 날아드는 매화귀창의 날끝을 홍공이 역수로 잡아챈다.

하지만 추이는 그마저도 읽고 있었다.

···쿠르릭!

창을 쥔 손의 반대편 손바닥이 시커먼 와류를 토해 내며 홍공의 복부 깊숙이 내리꽂혔다.

퍼-억!

나찰장이 홍공의 뱃가죽을 뚫고 내장을 직접 두드린다.

"크학!?"

홍공의 입에서 선혈이 뿜어져 나왔다.

그것은 내상으로 인한 것이라기보다는 심마(心魔)로 인한 것에 가까웠다.

추이는 흩뿌려지는 피를 맞으며 생각했다.

'……과연, 극마(極魔)의 경지에 오른 수준으로는 번뇌의 영향을 피해 갈 수가 없는가.'

만약 홍공이 육혼의 삼 층계, 극마의 경지를 벗어나 육혼의 사 층계, 탈마(脫魔)의 경지에 올라 있었다면 추이의 도발은 전혀 먹히지 않았을지도 모른다.

'그나마 심계가 먹혀들어 가는 상태라 다행이로군.'

자신이 한평생 믿어 왔던 운명론에 부정당했으니 심적 충격이 클 것이다.

그러니 바로 이때를 노려야 했다.

촤악!

추이는 곧바로 창을 휘두르며 홍공을 추격했다.

홍공은 지금껏 함정과 덫들을 부수고 오느라 내력 소모가 심할 뿐만 아니라 온몸에 나락설태의 포자들까지 묻히고 있다.

더군다나 심마에 잠식당하여 미약하게나마 주화입마의 증상까지 보이고 있는 상태.

'지금 끝내야 한다.'

추이는 전신의 힘을 모조리 끌어올렸다.

쿠—오오오오오오……!

매화검수 백비, 거력패도 도막생, 호북제일도 도좌철, 인백정 가정맹, 북궁원로 남궁팽생, 시귀 북궁설, 오독교주 당예짐 등등 절정급 창귀들이 모조리 끌려나와 매화귀창을 받든다.

그 끝에는 곤귀 구강룡과 창마 구강호가 혼원일기극(混元一氣戟)의 무리를 끄집어내고 있었고 가장 위에서는 나락노야가 시커먼 내력을 폭사시키고 있다.

'……이번 판에 모든 것을 걸어야 할 것이다.'

일모도원(日暮途遠), 도행역시(倒行逆施).

지금껏 단 한 번도 쉬는 일 없이 걸어왔던, 하지만 그럼에도 불구하고 너무나도 멀고 험난했던 가시밭길.

그 기나긴 인고와 고행의 결과를 지금 바로 이 순간, 간절히 바라고 원했던 이 찰나의 순간에, 추이는 모두 한꺼번에 터트려 폭발시킬 생각이었다.

만장홍진(萬丈紅塵), 천지재개벽(天地再開闢).

설사 자신과 홍공, 둘 다 지상으로 올라가지 못하게 되는 한이 있더라도.

추이는 이 시점에서 동원할 수 있는 최고의 기술을 끌어냈
다.

곤귀 구강룡의 일척도건곤(一擲賭乾棍)과 창마 구강호의 벽
사십일창(闢邪十一槍).

이 두 창귀의 기술을 하나로 뒤섞어 만들어 낸 궁극의 창
법 혼원일기극(混元一氣戟).

추이는 붉게 달아오른 매화귀창의 날 끝에 이 일대종공(一
代宗工)의 묘리를 담아 내뻗었다.

키리리리릭······

추이가 흡수한 창귀들 역시 힘을 보탠다.

그동안 수라장을 겪으며 꺾어 온 강적들의 증오와 울분,
독기가 한꺼번에 폭사되고 있었다.

"크아아악!"

홍공이 각혈과 함께 손바닥을 내질렀다.

창에서 뻗어 나온 창강(槍罡)과 손바닥에서 뻗어 나온 수강
(手罡)이 맞부딪쳤다.

콰—콰콰콰쾅!

거대한 충격파가 무덤 속의 대기를 산산조각으로 박살 내
깨트렸다.

······퍼퍼퍼퍼퍼퍼퍽!

파열된 대기가 날카로운 파편을 흩뿌린다.

우드득– 우드득– 우드득– 우드득– 우드득–

창을 쥐고 있던 추이의 손바닥 가죽이 벗겨졌고 팔뚝의 피부들이 소용돌이 모양으로 터져 나갔다.

얼굴과 몸에 쇳조각 파편들에 베이고 찢긴 듯한 혈흔들이 무수히 새겨진다.

쾅! 우지지지지직!

추이는 충격파에 휘말려 뒤로 날아갔다.

그리고 무려 세 개의 축대와 두 개의 누각을 부수고 그 위에 쌓여 있던 금은보화들의 산을 붕괴시켰다.

우르릉! 콰쾅! 떵그렁– 떵그렁– 떵그렁– 떵그렁– 떵그렁–

금괴와 은괴들이 바닥을 구르며 지면을 묵직하게 두들긴다.

"……."

추이는 창으로 땅을 짚은 채 몸을 일으켰다.

몸은 피투성이가 되었으나 눈에서는 아직 생기가 뿜어져 나온다.

살아 있는 소의 옆구리를 가르고 뽑아낸 생간, 그 생간을 칼로 썩썩 썰었을 때 풍겨 나올 법한, 너무 날것이라서 생비린내가 진동할 정도의 눈빛.

추이는 바로 그런 시선으로 눈앞에 있는 홍공을 직시하고 있었다.

"카학!?"

홍공 역시도 뒤로 몇 걸음 물러났다.

입에서 덩어리진 각혈을 뿜어내면서.

"그으으으윽……."

심마가 제대로 끼었나 보다.

그것은 마치 혈관 속에 눌어붙은 노폐물 찌꺼기들처럼 내공의 자연스러운 순환을 방해한다.

이처럼 기혈 곳곳에 울혈져 뭉치는 것이 중첩된다면 곧바로 주화입마가 오게 되는 것이다.

추이는 몸이 너덜너덜해졌으나 마음은 멀쩡했고, 홍공은 몸이 멀쩡하나 마음이 너덜너덜해졌다.

마음의 동요는 곧 육신의 동요로 이어지나, 육신의 동요는 마음의 동요로 이어지지 않는다.

그래서 추이는 불리한 상황에서도 힘을 낼 수 있었다.

'육혼의 삼 층계에 올라선 자가 저 정도로 동요할 정도라면 심마가 꽤 세게 왔군.'

그뿐이 아니다.

홍공은 지금껏 수많은 덫과 함정, 기관진식들을 뚫고 오느라 내력을 꽤 많이 소모한 상태.

그 증거로 손바닥에 난 창상이 아직도 아물지 않고 있지 않은가.

'지금 쳐야 한다.'

피부가 다 벗겨져 붉은 근육이 드러나 보이는 두 손이 다시 한번 창대를 굳게 말아 쥔다.

추이는 더더욱 거세게 공세를 이어 나갔다.

…번쩍!

혼원일기극의 묘리가 담긴 창이 또다시 핏빛의 호를 그리며 떨어져 내렸다.

"이런 빌어먹을……!"

홍공은 자신의 목을 향해 재차 날아드는 창날을 보며 이를 악물었다.

쿠르르르르르륵!

그동안 혈교의 이름 아래 조용히, 은밀하게 죽어 갔던 정, 사, 마의 고수들이 창귀가 된 채로 끌려나온다.

홍공은 육혼의 제삼 층계에 해당하는 막대한 내력을 끌어 올려 추이를 짓이기려 했다.

…빠직!

바닥에서 들려오는 소음을 듣기 전까지만 해도 말이다.

우지지지지직! 쿠쿵!

홍공을 중심으로 무수히 많은 균열들이 생겨나 바닥과 벽, 천장을 쪼개 놓기 시작했다.

불안정하게 흔들리는 지반 위에서 홍공이 흠칫 물러섰다.

그 앞으로 추이가 바짝 따라붙었다.

"내공이 심후한 것은 좋은데, 너무 막 쓰지는 마라. 생매 장되고 싶지 않다면."

"……!"

그제야 홍공은 깨달았다.

추이가 자신을 이쪽으로 유인한 것은 내공으로 정면승부 를 하는 상황을 피하기 위함이라는 사실을.

말 그대로, 이곳에서 내공을 지나치게 방출한다면 위의 흙 이 무너져 내려 모든 것이 토사에 파묻힐 것이다.

추이는 상대적으로 밀리는 내공의 양을 전투 환경의 억제 력으로 무마하려는 것이다.

퍼퍼퍼퍼퍼퍽!

잠깐 멈칫했던 홍공의 전신 곳곳으로 창끝이 파고들었다.

미간, 관자놀이, 눈알, 인중, 목, 심장, 폐, 간, 횡경막, 칼 돌기, 췌장, 사타구니…….

추이는 치명적인 급소만을 골라 노려가며 홍공을 집요하 게 물어뜯었다.

하나같이 희생을 감수할 수 없는 중요 부위들인지라, 홍공 은 추이의 공격을 방어하는 것에 계속해서 수를 낭비할 수밖 에 없었다.

핏-

홍공의 오른쪽 귓바퀴 끝이 떨어져 나가며 핏방울이 흩뿌 려졌다.

옷은 이미 걸레짝이 되었고 몸 곳곳에서 핏물이 번져 나온다.

"허."

홍공은 황당하다는 듯한 시선으로 추이를 바라보았다.

눈앞에 있는 독종은 기필코 자신을 이곳 무저갱에 묻어 버리겠다는 듯, 눈에서 뚜렷한 살기를 뿜어내고 있다.

"……네가 정말 하늘의 사자라면, 한낱 인간인 나를 죽이는 것에 이렇게 진심전력을 다할 리가 없다. 너는 인간이구나."

"천봉원수였던 저강렵(豬剛鬣)이나 권렴대장이었던 사승(沙僧)처럼, 나 역시도 죄를 짓고 인간의 모습이 되어 너를 잡으러 내려온 것이다."

"으으윽……."

추이의 혓바닥이 또다시 뱀처럼 꿈틀거리며 홍공의 심마를 부추긴다.

위에서 아래로 때려박히는 창날과 함께, 추이가 쐐기를 박았다.

"너는 실패할 운명이다."

"크ㅡ아아아아아악!"

홍공의 눈이 완전히 뒤집혔다.

그의 두 손바닥에서 부글부글 끓어오르는 혈액 그 자체로 된 수강이 뿜어져 나왔다.

추이는 창을 휘저어 수강을 깨부쉈다.

강기의 파편들이 또다시 살을 찢고 뼛골에 구멍을 내 놓았으나 추이는 아랑곳하지 않고 전진한다.

혼원일기극. 일자로 직진하는 창강의 빛줄기가 수강의 폭류를 뚫고 나아가 홍공의 왼쪽 손바닥에 작렬했다.

퍼-퍽!

시뻘건 빛줄기가 홍공의 왼손 손바닥을 꿰뚫어 달린다.

그것은 홍공의 오른쪽 눈알까지 반쯤 파고들어 안쪽의 먹물을 쫙 뽑아내 버렸다.

"크학!? 이, 이 잡것이 감히!"

홍공은 창에 꿰뚫린 왼손을 확 치운 뒤 곧바로 오른손을 휘둘렀다.

그러나 추이는 너무도 쉽게 홍공의 우수살(右手煞)을 피해 안쪽으로 파고들었다.

'내공이 아무리 심후하다고 해도 인간인 이상 공격 수단은 정해져 있다.'

추이는 전신이 흉기라는 말 따위는 믿지 않는다.

인간이 누군가를 공격할 때 사용할 수 있는 신체 부위는 극도로 제한적이다.

기껏해야 팔, 다리, 머리 정도가 한계.

아무리 단련했다고 하는 인간도 공격할 때 겨드랑이나, 옆구리, 목을 쓰지는 않으니 말이다.

추이는 홍공이 펼쳐 오는 모든 공격들을 피해 버렸다.

그리고 이내, 피투성이가 되는 것을 감수하고서 파고든 지척의 거리에서.

…확!

그동안 숨겨 놓았던 망치 한 자루를 꺼내 들었다.

떠−억!

홍공의 머리가 팩 돌아간다.

추이는 창을 쥔 손의 반대편 손으로 망치를 꽉 말아 쥔 채 그것으로 홍공의 머리를 연거푸 내리찍었다.

…뻑! …빠각! …퍽! …와드득! …콰직!

미친 듯이 반복되는 망치질, 흩뿌려지는 선혈 가운데에서도 아무런 흔들림이 없는 동공.

"여기가 네 못자리다."

"……!"

추이의 목소리를 들은 홍공이 하나 남은 외눈을 부릅 치떴다.

쿠−ㅇㅇㅇㅇㅇㅇ……!

순간, 추이는 홍공의 분위기가 바뀐 것을 눈치챘다.

"그래. 인정하마."

홍공은 터져 버린 눈알을 질질 흘리며 웃었다.

"네놈은 정말로 신선일지도 모른다. 맞다면 아마도 악신(惡神)이겠지."

"……."

"그렇다면 말이야. 내가 너를 죽인다면 어떻게 될까?"

"……!"

추이의 눈이 가늘게 좁아진다.

그 앞으로 홍공이 피투성이가 된 왼손을 들어 올렸다.

"그렇다면 나는 신선을 죽인 인간이 되는 것이냐?"

"……."

"그렇다면 신선으로 만든 창귀는 어떻게 생겼을지 궁금해지는구나."

하나 남은 홍공의 눈이 회까닥 돌아갔다.

콰—지지지지직!

홍공이 내공을 발산하자 주변에 생겨난 균열이 더더욱 크고 깊어졌다.

하지만 그럼에도 불구하고 홍공은 축기를 멈추지 않는다.

"이렇게 된 이상 아무래도 상관없다. 네놈을 죽이고 창귀로 만든다면 나는 육혼의 사 층계에 올라설 수 있겠지. 아니, 어쩌면 그 이상의 경지를 노려 볼 수 있을지도 모르겠구나."

신살자(神殺者).

홍공은 지금 그것을 꿈꾸고 있었다.

'재수 없는 동기를 부여해 줬군.'

추이는 혀를 가볍게 찼다.

심마에 잡아먹히게 할 생각이었는데, 상황이 묘하게 돌아가기 시작했다.

오히려 홍공이 심마를 잡아먹고 더더욱 이상하게 변질되어 가고 있었으니 말이다.

"그─아아아아아아아아악!"

홍공이 왼손과 오른손으로 내력을 집결시켰다.

혈기(血氣)로 만들어진 거대한 쌍장이 주변의 대기를 온통 불살라 놓고 있었다.

…콰르릉!

내부에 휘몰아치는 내력의 폭풍을 감당하지 못한 천장이 이곳저곳 무너져 내리기 시작했다.

콰콰콰콰콰쾅!

시시각각 발생하는 대기 중의 압력 차이가 바닥의 지각마저 붕괴시킨다.

지층 하나가 통째로 주저앉을 정도로 어마어마한 지각 변동이 일어나고 있었다.

이 정도면 위쪽에 있는 삼루와 이루까지도 붕괴의 영향이 갈 것이 분명했다.

콰─직!

지층을 지지하고 있는 척추가 부러지며, 막대한 양의 흙들이 아래로 뚝 꺾여 쏟아진다.

그리고 그 모든 것들은 홍공이 만들어 낸 거대한 형태의 수강에 닿아 녹아내리고 있었다.

부글부글부글부글부글……

녹아내린 모래와 흙, 암반들이 용암이 되어 흘러내린다.

홍공은 손목을 하나로 모으고 거대한 두 개의 손바닥을 앞으로 내뻗었다.

…번—쩍!

위아래로 붙은 두 개의 쌍장이 날아들었다.

지층을 비롯한 모든 것들이 떡 덩어리처럼 열 개의 조각으로 나누어 쪼개진다.

'……'

추이는 눈앞에서 펼쳐지고 있는 이 거대한 지각변동을 마주한 채 생각했다.

뭐랄까, 홍공이 마지막으로 뿜어내고 있는 저 강맹한 기운은 보는 이로 하여금 모든 것을 포기하게 만드는 힘이 있었다.

그것은 어지간한 수준의 강자가 펼치는 일격과는 다르다.

억울하다거나 화가 난다거나, 승부욕이 생긴다거나 하는 것과는 완전히 궤를 달리하는.

흡사 폭풍, 지진, 홍수, 가뭄, 눈사태 같은 대자연에 압도당하는 것 같은 느낌.

같은 인간의 명령과 통제 때문에 집 밖으로 나가지 못하는 것은 비참하지만, 눈이나 비가 심하게 와서 집 밖으로 나가지 못하는 것은 당연하게 받아들이는 것이 인간이다.

나 자신의 원칙보다 앞서는 보다 더 거대한 원칙.

홍공은 지금 추이의 앞에 그것을 재현해 내고 있는 것이다.

……그러나.

추이는 이 모든 것들을 이미 한 번 겪어 봤던 회귀자.

결코 항거할 수 없는 운명에 몇 번이고 저항하고, 몇 번이고 꺾여 부러져 봤던 역천(逆天)의 창귀(倀鬼).

추이는 마치 인과율을 총괄하는 거대한 개념 그 자체에 맞서기라도 하는 듯, 창을 잡고는 내달렸다.

온몸에서 작렬하는 핏방울.

추이가 창을 앞으로 내뻗으려 하는 순간.

千古奇才横空贤

-기이한 재주가 하늘을 덮는 천고의 현자여

可堪并论炎黄间

-염제와 황제 둘이라도 어찌 비하랴

五兵刑法君始点

-다섯 무기와 형과 법이 여기에서부터 시작했으니

九黎生气冲云天

-구리 백성들의 사기는 하늘을 찌르는도다

席卷中原华夏联

-염제와 황제를 누르고 중원을 석권하니

血染江河五千年

-피로 물든 강물이 오천 년을 흐르네

英名不因涿鹿败

-영웅의 이름은 탁록 패전으로도 가릴 수 없으니

老黑石山百花鮮

　-흑석산 온갖 꽃들 여전히 붉네

또다시 귓가에 이상한 환청이 들려왔다.

흐려져 가는 의식 속에서도 창을 쥔 두 손에서 느껴지는 뜨거운 고통만은 또렷하게 느껴진다.

순간, 추이는 직감했다.

…후욱!

육십갑자 마방진의 중앙에서 튀어나온 붉은 도깨비.

네 개의 눈, 여섯 개의 팔, 거대한 뿔과 발굽, 구리로 된 머리와 쇠로 된 이마를 가진 거대한 흉신악살의 형상이 자신의 뒤에 함께하고 있다는 것을.

'출탁록기(出涿鹿記), 등장백산(登長白山), 해동귀환(海東歸還).'

동시에, 자신의 창끝에서 터져 나오고 있던 혼원일기극의 묘리가 어느 순간 바뀌었다.

혼원일기오의극(混元一氣奧義戟).

한층 더 진일보한 창술.

그것은 추이가 무의식중에 나락노야를 쓰러트릴 수 있게 만들어 주었던 궁극의 오의였다.

'……이것이었구나.'

추이는 자신이 어떻게 해서 나락노야에게서 살아남을 수 있었는지, 어떻게 해서 그를 죽이고 창귀로 거둘 수 있었는지, 그제야 깨달을 수 있었다.

그와 동시에 또 하나의 깨달음이 추이를 찾아온다.

돈오(頓悟), 대오각성(大悟覺醒).

이올의 제칠 층계에서 겪었던 것과는 감히 비교조차 할 수 없는 거대한 깨달음의 벼락이 추이의 정수리부터 발가락 끝까지를 단박에 관통해 깨쳤다.

그리고 그 순간.

추이는 지금껏 자신의 앞을 굳게 가로막고 있었던 관문 하나를 깨부수고 그 위의 경지로 날아오르게 되었다.

육혼의 제이 층계.

추이가 새로운 경지로 올라서는 순간.

"크─아아아아아아아악!"

홍공이 내지르는 단말마와 함께, 거대한 혈강(血罡)이 추이를 짓누르며 떨어져 내린다.

추이 역시도 그 강렬하고 거대한 폭거(暴擧)를 향해 창을 내질렀다.

"……! ……! ……!"

전신의 살가죽이 모조리 터져 나가고, 그 안쪽의 근육 섬유들이 죄다 끊어지며, 모든 뼈와 내장이 곤죽이 된다고 해도, 그래도 추이는 계속해서 앞으로 나아간다.

이윽고.

무너져 내리는 붕괴물들 사이로 검붉은 궤적 두 개가 서로 맞붙었다.

타오르는 손바닥과 빛나는 창.

…번쩍!

그것들은 마치 무저갱에 떠오른 태양처럼, 강렬하고 거대한 광구(光球)를 만들어 내고 있었다.

잔반(殘飯)

아주 낡고 오래된 기억이다.

어느 순간부터인가 잊고 살았던 호흡법처럼, 가족에 대한 기억은 '언젠가 내게도 그런 것이 있었지' 정도로만 남아 있었다.

너울너울 타오르는 불길 앞에서 함께 울고 웃고 춤추던 이들, 그때 손에서 느껴지던 온기.

추이는 자신이 과거의 꿈을 꾸고 있고, 자신의 손을 잡고 있는 이들이 지금은 죽고 없는 이들이라는 것을 인지하고 있었다.

하지만 그럼에도 불구하고 손으로 느껴지는 따스한 기운은 너무나도 생생하다.

'⋯⋯. ⋯⋯. ⋯⋯.'

흐릿하게 보이는 얼굴들. 부친일까? 모친일까? 어쩌면 동생일지도 모른다.

아무 걱정 없이 웃고 떠들던 유년시절.

한 번의 회귀를 거쳐도 다시 얻지 못할, 결코 지켜 내지 못할 유일한 것이 바로 이때의 기억이 아닐까.

⁂

"⋯⋯!"

얼마나 정신을 잃었던 것일까.

추이는 고개를 들어 주위를 훑어보았다.

휘─이이이이이이잉!

허공에 잡히는 것이라고는 오직 바람뿐.

몸은 아직 까마득한 지하를 향해 떨어지는 중이었다.

추이는 위아래를 분간할 수 없는 암흑 속에서 속절없이 곤두박질쳤다.

그리고 이내.

⋯콰직!

등이 산산조각으로 깨져 나가는 듯한 충격과 함께 지면 위를 나뒹굴었다.

우르르르르릉! 콰콰콰쾅!

머리 위로 어마어마한 양의 흙더미와 암반들이 쏟아져 내린다.

추이는 격통을 이겨 내고는 몸을 옆으로 굴렸다.

다행스럽게도, 옆에는 한 사람이 들어갈 수 있는 좁은 균열이 나 있었다.

추이는 균열의 틈으로 기어 올라갔다.

옆에서 엄청난 양의 토사가 휘몰아치고 있었지만 다행스럽게도 이 틈까지 들어오지는 못했다.

천지가 뒤집히는 듯한 굉음이 암흑 속에 연이어 메아리친다.

원시천존(元始天尊) 반고(盤古)가 알을 깨고 나오기 전, 세계가 아직 빛과 어둠으로 나뉘기 전의 혼돈이던 시절이 이러했을까.

나부끼는 광풍과 굉음 속, 모든 것들이 부서지고 무너져 내리며 암흑의 위장 속으로 끝 모를 추락을 거듭한다.

…….

……시간이 얼마나 지났을까.

영원할 것 같던 격동도 어느덧 점차 잠잠해진다.

추이는 몸을 덮고 있던 흙더미들을 밀어내고 기어 나왔다.

치익—

품속에 있던 화섭자를 그어 불길을 일으키자 이내 공동 내부의 모습이 눈에 들어왔다.

의외로 붕괴 현장은 그리 참혹하지 않았다.

벽과 바닥, 천장에 새겨져 있던 알 수 없는 기관진식과 문자열들이 만들어 낸 기적일까?

무덤 내부의 공간은 그럭저럭 원형을 알아볼 수 있을 정도로 보존되어 있었다.

거대한 지층이 통째로 주저앉은 모양새인지라 중앙부의 관짝 역시도 파괴되지 않은 채 그대로 남았다.

홍공과 추이가 격돌했던 부분은 처참하게 파괴되어 있었으나, 그곳에 유일하게 파괴되지 않은 흔적 하나가 남아 있는 것이 보인다.

돌벽에 박혀 있는 매화귀창.

그리고 그 매화귀창에 꿰여 있는 손바닥.

손바닥에 연결된 팔은 옆에 있던 돌무더기 속으로 이어져 있었다.

"……!"

추이는 만신창이가 된 몸으로 송곳을 들어 올렸다.

콰악!

송곳은 오른팔이 연결되어 있는 돌무더기를 향해 내리꽂힌다.

하지만.

왈그락- 우르르르르……

무너져 내린 돌무더기 속에는 아무것도 없었다.

매화귀창에 꿰여 있는 것은 어깨부터 잘려 나간 오른팔이
었던 것이다.

"쯧."

추이는 혀를 한 번 가볍게 찼다.

사실 실패를 예감하기는 했다.

왜냐하면 심상뇌옥 속에 홍공의 창귀가 보이지 않았기 때
문이다.

다만, 지금 창에 꿰여 있는 것은 분명 홍공의 팔이었다.

바싹 마른 피부, 여기저기 베인 흉터, 심지어 지금 이 순
간에도 잔상처가 아물어 가고 있을 정도의 불가사의한 회복
력.

추이는 홍공의 팔을 집어 들었다.

어깻죽지 부근의 절단면이 깨끗하다.

매화귀창의 날에 의해 절삭된 흔적이었다.

추이는 최후의 격돌을 떠올렸다.

추이가 내뻗었던 창과 격렬하게 몰아쳐 오던 홍공의 손바
닥.

무저갱 속의 어둠을 일순간에 싹 몰아내 버릴 정도로 찬란
했던 광구(光球).

그 마지막 순간, 추이의 창강은 홍공의 수강을 뚫고 들어
가 손바닥을 관통하고 어깻죽지까지를 절단해 놓은 것이다.

"……오른팔을 끊어 놓았으니 소기의 목적을 일부나마 달

성한 셈인가."

추이는 벽에 등을 기대었다.

다리에 절로 힘이 풀린다.

몸은 가만히 있는데 지면이 확 솟구쳐 오르는 것 같은 느낌과 함께, 무릎이 땅에 닿았다.

털썩-

추이는 주저앉은 채 생각했다.

이번 전투에서 아주 성과가 없었던 것은 아니었다.

홍공에게 커다란 심마를 심어 준 것도 모자라 오른쪽 눈알을 터트리기까지 했고, 심지어 마지막에는 오른쪽 팔까지 끊어 놓았다.

죽이지는 못하더라도 반드시 불구를 만들겠다는 목표는 이룬 것이다.

"……."

추이는 육혼의 이 층계에 도달한 만큼 더 넓어진 기감의 그물을 펼쳤다.

그것도 모자라 이곳저곳에 뿌려 놓았던 나락설태의 포자들까지 동원했다.

하지만 광범위한 곳을 모조리 뒤졌음에도 불구하고 홍공의 기척은 보이지 않았다.

아마 그는 팔을 잃자마자 그 즉시 지상을 향해 내빼 버린 듯하다.

"또 살아남았는가."

그것은 홍공을 향해서 하는 말이기도 했지만 자기 스스로를 향한 말이기도 했다.

추이는 잠시 고개를 떨구었다.

그리고 창대에 이마를 댄 채 눈을 감았다.

잠시, 아무것도 하지 않은 채, 가만히,

추이는 한동안 그렇게 앉아 있었다.

육혼 삼 층계의 절대고수를 상대로 거둔 승리.

그리고 그 결과 경지의 비약적인 상승마저 이루어 냈다.

더군다나 적의 신념과 확신을 완전히 어지럽혀 놓았으니 이제부터는 판이 한층 더 가열차질 것이다.

"……앞으로는 더더욱 쉴 새가 없겠군."

일모도원(日暮途遠)이라.

언제나 그렇듯, 날은 저물어 가고 갈 길은 먼 법이다.

✻

…쿠르릉! 콰쾅!

토법고로에는 난리가 났다.

"지진이다!"

"모두 머리를 가리고 숨어!"

"숨기는 지랄! 빨리 튀는 게 상책이다!"

"빌어먹을! 내가 언젠가 이런 날이 올 줄 알았지!"

지진은 원래 지하에 있을 때 훨씬 더 무섭게 느껴지기 마련이다.

때아닌 날벼락.

천장과 바닥이 흔들리며 토사들이 떨어지자 일루, 이루, 삼루에 있던 도박꾼들은 혼비백산하여 지상으로 도망친다.

투패고 주릅이고 도박꾼이고를 가리지 않는 피난 행렬.

그 아비규환의 인파 속에서 흐름을 거꾸로 거슬러 가는 두 명이 있었다.

"어떡하죠, 술천두님! 추이 님께서 무사하실까요!?"

"내가 어떻게 알아, 빌어먹을! 이게 대체 뭔 일이냐고!"

서세치와 견술. 이 둘은 지상으로 가는 피난 행렬을 거슬러 토법고로의 깊은 곳으로 들어가고 있었다.

어느덧 그 둘이 인적 없는 토굴로 접어들 무렵.

"……!"

붕괴 직전의 굴속에서 그들은 원하는 얼굴과 마주할 수 있었다.

저벅– 저벅– 저벅– 저벅–

추이가 아무렇지도 않은 듯 태연한 얼굴로 걸어 나오고 있었던 것이다.

견술이 대뜸 소리 질렀다.

"예쁜아! 살아 있었구나! 뒤진 줄 알았잖니, 얘!"

"추이 님! 무사하셨군요!"

울상이 된 서세치가 달려와 추이의 몸을 더듬는다.

추이는 조용히 손을 들어 올려 둘을 밀어냈다.

"지금부터 밑으로 내려갈 것이다. 따라오고 싶으면 따라오도록."

"……?"

견술과 서세치의 표정이 멍하게 바뀌었다.

그러고 보니, 추이는 방금 전까지 지상으로 가는 길을 걷고 있지 않았다.

오히려 아래쪽으로 내려가는 길목을 향해 걸어가고 있었던 것이다.

견술이 물었다.

"미쳤니? 또 뭔 짓을 벌이려고? 아직 더 할 게 남았어?"

"절반 정도."

홍공과의 전투가 끝났음에도 불구하고 추이는 아직 이곳 토법고로에서의 볼일이 남았다고 말하고 있었다.

서세치가 더듬더듬 물었다.

"추, 추이 님. 이대로 가다가는 추가 붕괴가 일어날 수 있습니다. 이 시점에서 지하로 내려갔다가는 바로 생매장당하는 것이 아닐까 걱정이 됩니다만……."

"위쪽으로 가는 길이 더 위험할 것이다."

"예? 그, 그건 어째서인지……."

바로 그 순간.

"끄아아아아악!"

피난길 저편에서 비명이 터져 나왔다.

견술과 서세치가 고개를 돌렸다.

그곳에는 마치 피를 끓여서 만들어 낸 것 같은 시뻘건 농무가 무럭무럭 피어오르고 있었다.

그 안개를 들이마신 이들은 모두 다 목을 부여잡고 켁켁거린 끝에 쓰러져 절명했다.

추이는 무미건조한 목소리로 말했다.

"홍공이 도망친 흔적이다. 추격이 두려웠는지 여기저기 혈독을 뿌려 놓고 갔군."

"뭐? 홍공이 누군데?"

"혈교의 교주."

추이의 대답을 들은 견술은 도무지 알 수가 없다는 듯 고개를 갸웃한다.

"그러니까. 혈교의 교주라는 놈하고 싸웠고, 그놈이 도망가면서 저 독안개를 뿌려 놓았다는 거지? 그럼 어쨌든 네 볼일은 다 끝난 것 아니야? 도망갔다며, 혈교주가."

"내가 볼일이 있던 놈이랑은 다 끝냈고, 이제는 내게 볼일이 있는 놈을 만날 차례다."

"……?"

추이의 말을 들은 견술과 서세치가 서로의 얼굴을 쳐다본다.

바로 그때.

추이가 무너지고 있는 천장을 바라보며 말했다.

"아쉽게 됐군. 이제는 그 맛있는 술을 못 마시게 되었으니 말이야."

그러자 놀랍게도, 위에서 대답이 돌아왔다.

"맛있었어? 그 끔찍한 독주가? 농담이시겠지."

부러진 지지목 위에 누워 있던 한 사내가 몸을 일으킨다.

살짝 쳐진 눈썹과 눈꼬리, 눈 밑의 짙은 그늘.

언뜻 보면 여자가 아닐까 싶을 정도로 곱고 퇴폐미 있는 외모.

견술과 서세치가 의아하다는 듯한 표정을 지었다.

"뭐야? 일루의 술집 주인이잖아. 저 녀석, 안 도망가고 저기서 뭐 하는 거람?"

"추이 님께 볼일이 있는 모양인데요?"

그러자 추이가 대신 둘의 의문에 대답한다.

"도박판을 부숴 놨으니 도박판의 주인이 화를 내는 것은 당연한 일이지."

"도박판의 주인? 여기 토법고로를 말하는 거야? 누가 주인이라고? 어……?"

무언가를 생각하던 견술의 표정이 일순간 멍해진다.

이곳 토법고로의 주인은 명확하다.

자신의 정체를 대중들에게 철저히 비밀로 하는 인물.

서세치가 황망하게 중얼거렸다.

"……서, 설마 충신장(忠臣藏)?"

견술과 서세치의 시선이 다시금 위를 향한다.

일루 주점의 점주.

토법고로 전체를 지배하고 있는 흑막.

그리고 그와 동시에 모든 하오문도들의 정점에 서 있는 남자.

사루(四壘)의 하오문주(下汚門主).

거렁뱅이들에게 '잔반(殘飯)'이라 불리는 사내가 추이를 내려다보고 있는 것이다.

충신장.

모든 정보를 암막 뒤에 숨겨 놓고 있었던 토법고로의 지배자.

하지만 추이는 처음부터 그의 정체에 대해 알고 있었다.

…턱!

잔반이 추이의 앞으로 내려섰다.

그는 손에 화화상(花和尙)의 수마선장(水磨禪杖)과도 같은 긴 월아산(月牙鏟) 한 자루를 들고 있다.

쿵!

잔반이 지면에 발을 내딛자 요란한 굉음과 함께 땅이 푹

꺼졌다.

아마 손에 든 창의 무게이리라.

잔반은 희미한 미소를 띤 채 추이에게 말했다.

"잘도 날뛰어 줬어. 대체 아래에서 뭔 짓을 했던 거야?"

"죽일 놈 하나를 잡았지."

"오. 잘했네. 이겼어?"

"이겼지만 죽이지는 못했다."

"아쉽겠구만."

"아쉽지는 않다. 다음에는 죽일 것이니까."

"그러니까 아쉽지."

"……?"

추이가 의아하다는 듯한 표정을 짓자 잔반이 입을 활짝 벌리며 웃었다.

"너에게 다음이라는 것은 없을 테니까."

"……!"

동시에, 잔반의 월아산이 날아든다.

부우웅—

강맹한 찌르기.

도끼날과도 같은 선장의 끝부분이 추이의 허리를 반 토막 내 버릴 기세로 날아든다.

쩌—엉!

매화귀창의 창대가 잔반의 월아산을 막아 냈다.

꾸—우우우우욱……

창끝과 창끝이 서로에게 가로막혀 원하는 곳까지 가지 못하고 있는 상황.

당연히 힘겨루기가 시작될 수밖에 없었다.

추이는 잔반의 두 눈을 들여다보며 말했다.

"우리가 싸울 필요는 없을 것 같은데."

"그것은 네가 판단하는 것이 아니지."

"손을 잡지 않겠나?"

"……잡겠냐?"

추이의 제안을 들은 잔반이 황당하다는 듯 입을 벌린다.

까—앙!

창과 창이 서로를 거세게 밀어냈다.

무수한 불똥이 터져 나오며, 추이와 잔반이 거리를 벌렸다.

추이가 말했다.

"내가 먼저 손을 내미는 경우는 드물다."

"영광이네. 하지만 너를 살려 둘 수는 없어."

잔반은 단호하게 고개를 저었다.

추이는 일루의 주점에서 술을 마시던 기억을 떠올렸다.

'좋다. 나도 사내대장부야. 먼저 싸움을 걸지는 않아도 걸어오는 싸움은 안 피하지. 승부다! 판돈으로 내 가게의 술을 걸겠다.'

드물게도, 추이가 싸움을 피하는 모습을 보인다.

"먼저 싸움을 걸지는 않는다고 하지 않았던가?"

"걸어오는 싸움은 안 피한다고 말하기도 했지. 첫째, 너는 삼금삼가의 규칙을 어겼고. 둘째, 남의 사업장까지 엉망으로 만들어 놨어. 죽을죄가 두 번이나 겹쳐졌으니 어떻게, 방법이 없다."

잔반에게 있어 삼금삼가의 규칙은 절대적인 것이다.

이 시점에서, 추이가 물었다.

"토법고로 안에서 내공을 쓴 자와는 손을 잡을 수 없다. 그것이 너의 생각이지?"

"그래."

"그 규칙은 누구에게나 평등하게 적용되나?"

"황제가 와도 똑같아."

"그렇군. 그러면 됐다."

"……?"

의아한 표정의 잔반에게 추이가 천천히 고개를 끄덕여 보인다.

이윽고, 잔반이 월아산을 휘두르기 시작했다.

…번쩍!

창날에서 뿜어져 나오는 시퍼런 예기가 지면을 두 조각으로 쪼개 놓았다.

"……!"

추이는 창을 휘둘러 잔반의 창강을 걷어 냈다.

콰콰콰콰쾅!

주변이 자욱한 흙구름으로 뒤덮였다.

"……!"

"……!"

견술과 서세치가 무어라 외치는 소리가 들려왔지만 연이어 터지는 굉음들 때문에 무슨 뜻인지 알아들을 수 없었다.

추이는 눈앞으로 찔러 들어오는 잔반의 창을 피해 연신 뒤로 물러났다.

…퍼퍼퍼퍼퍽!

허공에서 몇 번인가의 충격파가 터져 나왔다.

추이는 잔반이 사용하는 이 창술을 전에 봤던 적이 있었다.

'……사자위가 쓰던 사가간자로군.'

봉(封), 폐(閉), 착(捉), 나(拏), 상란(上攔), 하란(下攔)의 여섯 기법만 봐도 모든 것을 알 수 있다.

사가간자(沙家杆子).

과거에 이름 높았던 군벌 가문 '하란사가(贺兰沙家)'의 독문무공.

사씨 가문은 현재 멸문되어 찾아볼 수 없지만 그들이 남긴 군문의 창술은 여러 가지 형태로 변형되어 지금까지도 전승되고 있는 것이다.

다만.

'하지만 이쪽은 사자위의 것과 달리 원형(原型) 그 자체, 정통적이고 정석적인 사가간자다.'

사자위가 사용하던 사가간자는 창법 본류(本流)의 한 변형에 불과, 수없이 파생되어 나온 지류(支流)들 중 하나였다.

그러나 지금 잔반이 사용하는 사가간자는 진짜배기다.

그러니까 군문의 대장군들이나 사용하는, 명문 군벌 가문의 최고 핵심 오의(奧義)이자 비전절기(祕傳絶技)인 셈이다.

…퍼억!

잔반의 월아산이 위에서 아래로, 도끼날처럼 떨어져 내렸다.

그것은 추이의 어깨 끝, 무릎 끝, 귓불 끝 등등 신체의 최말단 부위를 조금씩 깎아 내며 파고들어온다.

극도의 빠르기, 극도의 실전성. 극도의 실리만을 추구하는 식의 군용 창술.

이는 추이의 것과도 비슷하나 기본적인 초식의 묘리는 훨씬 더 고강하고 심오한 것이었다.

그러니까, 사용하는 창술로만 보면 잔반은 추이의 까마득한 상위 호환에 있다는 뜻이다.

깡! 까-앙! 까가가각!

잔반은 마치 시궁쥐를 몰 듯, 추이를 점점 토굴 깊숙한 곳으로 몰아넣었다.

추이가 말했다.

"이대로 가면 추가 붕괴가 있을지도 모르는데, 괜찮나?"

"네가 걱정할 일이야? 이 근방은 다 내 손바닥 안이라고."

잔반은 태연하게 대꾸했다.

이윽고, 잔반은 추이를 토굴 깊숙한 곳까지 밀어붙였다.

그것은, 추이가 잔반을 토굴 깊숙한 곳까지 끌어들인 것이기도 했다.

파—앗!

추이는 내빼던 자세 그대로 허리를 틀었고 쥐고 있던 매화귀창을 돌려 핏빛의 호를 그렸다.

한 점의 군더더기도 없는 회마창(回馬槍)이 잔반의 심장을 노린다.

잔반은 몸을 옆으로 틀며 흘창(吃槍)을 시전, 월아산을 직선 궤도로 던지듯 꽂아 넣었다.

서로 한 치의 물러남도 없는 저돌맹진(猪突猛進)의 끝은 양패구상(兩敗俱傷)이라는 결과밖에는 빚어낼 수 없다.

"……."

"……."

추이도, 잔반도, 서로의 창끝이 서로의 심장과 지척에 놓였음에도 불구하고 표정 변화가 없었다.

단지 몇 번의 찰나가 연속되고 나면 그 둘은 죽을 것이다.

잔반은 추이의 창에 심장이 꿰뚫려서, 추이는 잔반의 창에 두개골이 박살 나서.

그럼에도 불구하고 두 사내는 조금도 물러서지 않은 채 확증된 상호파멸을 향해 달려가고 있는 것이다.

……바로 그 순간.

콰르릉!

놀라운 이변이 벌어졌다.

마치 두 젊은 역사의 공멸(共滅)을 좌시하지 않겠다는 듯, 토굴의 바닥이 갑자기 무너져 내렸다.

"……!"

"……!"

추이와 잔반의 창끝은 서로의 몸에 닿는 순간 곧바로 다시 멀어졌다.

추이의 창은 잔반의 가슴팍을 살짝 파고들어간 상태에서, 잔반의 창은 추이의 이마를 살짝 파고들어간 상태에서, 서로 약간의 핏방울만 내비치게 만든 채로 다시 멀어진다.

콰콰콰콰콰쾅!

깊숙하게 뚫린 저 수직의 지하굴 속으로 말이다.

추이는 몸을 일으켰다.

마치 '옛 천자의 황궁터'를 그대로 재현해 놓은 듯한 거대한 무덤 속 공간.

전설 속 하(夏)나라나 은(殷)나라의 흔적일까?

이곳은 진시황조(秦始皇朝) 따위는 감히 비교조차도 되지 않을 정도로 거대하고 화려한 문명의 흔적들이 즐비했다.

사람의 수백 배는 될 법한 거대한 병마용들이 곳곳에 포진되어 있다.

하나같이 창을 높이 들고 위엄 있는 표정을 짓고 있는 모습이었다.

다만.

…콸콸콸콸콸콸콸콸콸콸!

그것들은 위에서 쏟아져 내리고 있는 엄청난 양의 지하수들에 잠겨 대부분 투구 끝이나 창끝만이 수면 위로 드러나 보이고 있을 뿐이었다.

"……."

추이는 자신이 딛고 있는 발판을 내려다보았다.

그것은 한 거대한 병마용이 들고 있는 창끝의 꼭대기였다.

다만 범람하는 흙탕물에 잠겨서 수면 위로 뾰족 튀어나온 암초처럼 보일 뿐이다.

…탁!

건너편에 있는 병마용의 창끝으로 잔반이 내려앉았다.

이윽고, 잔반이 말했다.

"그거 알아?"

그는 예전에 한 거렁뱅이를 늪에 빠트려 죽일 때 했던 말을 추이에게 똑같이 하고 있었다.

"이 황릉은 말이야. 엄청 깊게 팠다더라고. 착굴 도중에 지하수가 터져 나온 흔적이 무려 다섯 번이나 남아 있다나 봐."

"……."

"그래서 여기에는 습기가 많아. 아래층으로 내려갈수록 더하대. 듣자하니 맨 밑에 구역에는 아예 물로 된 공간도 있다나? 거기에는 배수로뿐만 아니라 저수(貯水)를 위해 건설해 놓은 축대랑 둑까지 있다더군."

"……."

"그러니까. 물에 빠지는 걸 너무 두려워하지 말라 이거야."

생글생글 웃는 잔반과 달리, 추이는 웃을 수 없었다.

왜냐하면.

…촤아아아아아아악!

이 거대한 흙탕물 속에는 먼저 살고 있던 선주객(先住客)들이 있었기 때문이다.

"……!"

천하의 추이조차도 조금 놀랐다.

흙탕물의 수면을 부수고 거대한 아가리와 이빨들이 드러났을 때는 말이다.

콰—직!

길이가 최소 삼 장은 될 법한 길쭉한 주둥이가 방금 전까지 추이가 서 있던 곳을 물어뜯었다.

　거대한 뱀의 머리에 물고기의 몸, 여섯 개의 지느러미와 소름끼치는 눈알을 가진 괴어(怪魚)가 모습을 드러냈다.

　꾸르르르르륵……

　그것은 이빨로 병마용의 창끝을 깨물어 부수고는 다시 오물늪 아래로 잠수해 들어갔다.

　"하하하─ 뭘 그리 놀라."

　잔반이 웃었다.

　"최소 수천 년에서 수만 년 전에 고립된 생태계야. 지상에 사는 동물들이랑은 다른 것들이 살고 있는 게 당연하잖아. 저것들은 그야말로 살아 있는 화석 그 자체라고."

　"저 괴어들을 길들였나?"

　"설마. 저 염유어(冉遺魚)는 하백(河伯)과 토백(土伯)의 자식들이야. 인간이 어찌 길들이겠어. 거기에 수은을 많이 처먹어서 그런가, 생긴 것도 그렇고 성질머리도 그렇고 점점 더 이상해지는 것 같단 말이지."

　"……"

　추이는 병마용들 사이로 움직이는 그림자들을 향해 시선을 돌렸다.

　거대한 뱀, 혹은 홀률과도 같은 괴어들의 그림자가 수면 위로 비쳐 보인다.

그것들은 잔반과 추이의 주변을 서서히 맴돌며 모여들고 있었다.

촤—아아아아악!

거대한 괴어 한 마리가 잔반을 향해 아가리를 벌리고 뛰어올랐다.

"헛—차."

잔반은 내공을 끌어올렸고 이내 선장에 강기를 둘렀다.

쩌—억!

거대한 괴어의 대가리가 두 조각으로 박살 나 쪼개진다.

동시에, 잔반은 그 기세 그대로 앞으로 내달렸다.

퍼퍼퍼펑!

수면 위를 몇 번인가 박찬 잔반의 월아산이 위에서 아래로 떨어져 내린다.

추이 역시도 매화귀창을 내뻗었다.

떠—엉!

위에서 내리꽂히는 월아산과 아래에서 올려치는 매화귀창이 사납게 맞붙었다.

우르릉! 콰쾅!

추이가 딛고 서 있던 거대한 병마용이 통째로 부서져 내리며 주변으로 흙탕물의 파도가 거세게 일어난다.

부글부글부글부글부글부글부글……

두 창잡이가 뿜어내는 살기에 주변의 흙탕물이 천천히, 뜨겁게 끓어 가고 있었다.

'구주(九州)의 산천에 관한 기록은 상서 기록이 사실과 가깝
다. 산해경(山海經)에 기록되어 있는 기이한 물건에 대해서는
나는 감히 말할 수 없도다.'

    —사마천(司馬遷)—

'천하의 지극한 식견을 가진 사람이 아니고서는 더불어 산
해경의 의미를 말하기 어렵다. 아! 통달하고 박식한 사람이
이를 거울로 삼을 것이다.'

    —곽박(郭璞)—

'산과 내의 줄기를 탐색하여 가없는 경지를 두루 살피고
그 가운데에 괴변을 서술하여 백성이 현혹되지 않도록 하였
으니 아름답도다! 우의 공덕이여! 그 밝은 덕 무궁하도다. 본
래 신성한 존재가 아니고서야 누가 이 책을 지을 수 있단 말
인가? 그러나 후세의 독자들은 이 책을 이견의 기록에 비기
고 제해 같은 책에 견주었으니 슬프지 아니한가!'

    —학의행(郝懿行)—

산해경(山海經).

선진시대, 하나라의 우(禹)왕이 기록한 것으로 추정되는 생태도감 및 지리서.

잔반은 지금 그 서적을 언급하고 있었다.

"산해경에는 여러 판본이 있는데, 옛날 우리 가문의 서고에는 거의 원본에 가까운 판본 하나가 있었지."

고래산해경(古來山海經).

하란사가에는 그런 귀중한 책도 잠들어 있었던 모양이다.

잔반은 빙글빙글 웃으며 피로 젖은 얼굴을 닦아 냈다.

"서쪽으로 삼백오십 리를 가면 영제산(英鞮山)이라는 곳이 있는데, 옻나무가 많고 옥이 많이 묻혀 있대. 그곳의 새와 짐승은 모두 하얗다나."

"……"

추이 역시도 온몸에서 뚝뚝 떨어지는 비릿한 피를 털어 낸다.

잔반은 추이를 향해 시선을 고정한 채 말을 이었다.

"완수(涴水)가 이곳에서 출원하여 능양(陵羊)의 못으로 흘러드는데, 본디 염유어(冄遺魚)라는 것이 이곳에 서식하는 고유종이라고 하더군. 독사의 머리에 물고기의 몸을 가졌고, 여섯 개의 발과 같은 지느러미에, 눈은 말의 귀처럼 위로 째져서 독이 잔뜩 올라있다나. 이것을 먹으면 눈에 티가 들어가지 않고 악몽에도 시달리지 않는다고 해."

"……."

"염유어를 먹으면 악몽을 꾸지 않는다는 말이 뭐겠어. 이 물고기가 가진 힘이 심상세계에도 적용된다는 뜻이지. 왜 이 물고기의 치어들을 황릉에 함께 묻었는지 알 수 있는 대목이란 말이야."

말하기 무섭게.

퍼-어엉!

거대한 파도가 몰아치며 염유어 한 마리가 모습을 드러냈다.

전신이 단단한 경린(硬鱗)으로 뒤덮여 있는 독사의 대가리가 쩍 벌어졌다.

그것은 길쭉한 혓바닥을 들이밀며 추이를 씹어 삼키려 들었다.

"쯧."

추이는 창을 쥔 손의 반대쪽 손을 뻗었다.

…쿠르륵!

나락노야의 절기인 나찰장이 시전되어 염유어의 단단한 비늘을 부수고 그 안쪽의 두개골을 통째로 찢어발겼다.

퍼퍼퍼퍼퍼퍽!

살점과 뼛조각, 피와 뇌수가 흙탕물을 벌겋게 물들인다.

시뻘건 피보라가 일어나 온통 시야를 가려 버렸다.

쉬익-

그 틈을 타 잔반의 선장이 뱀처럼 날아들었다.

탓- 타앗- 펑!

잔반은 물속에 잠긴 병마용들의 창끝과 투구 끝을 밟고 뛰어왔고 곧장 추이의 목을 향해 월아산의 넓은 날을 들이민다.

깔끔하게 목을 따 버리겠다는 의도가 느껴지는 독룡출동(毒龍出洞)의 초식.

어지간한 수준의 적이었다면 이 한 수에 목이나 가슴이 횡으로 양단되었겠으나.

까-앙!

추이는 창이 날아드는 소리만 듣고도 정확한 위치와 궤적을 파악, 곧바로 매화귀창의 창대 속 사슬을 뽑아내어 이를 막아 냈다.

까가가가가가각!

추이의 창과 잔반의 창이 또다시 거세게 맞부딪친다.

아슬아슬한 암초 위에서 팽팽하게 이루어지는 힘겨루기.

잔반이 추이의 얼굴을 가만히 들여다보며 말했다.

"내가 왜 이렇게 염유어에 관심이 많은 줄 알아?"

"……."

"얘네는 우리와 비슷하거든. 지상에서 격리되어 이곳 지하에서 독자적인 모습으로 자생하고 변화한다는 점에서 말이야. 그렇잖아? 지상과는 전혀 다른, 순수한 무(武)의 정의

가 지배하는 무림(武林)! 그것이 바로 이곳 토법고로라고!"

또다시 월아산이 떨어져 내린다.

추이는 묵묵하게 잔반의 창을 받아 내었다.

그러고는 물었다.

"그 토법고로는 이미 망한 것 같은데."

"대륙의 유구한 역사를 뭐라고 생각하는 거냐. 북망산에 이 정도 수준의 무덤은 썩어나게 많아. 또 하나 파내서 만들면 그만이야."

매화귀창과 월아선장이 맞부딪칠 때마다 주변에서 거센 파도가 몰아친다.

그리고 그 파동을 느낀 일대의 염유어들이 추이와 잔반을 향해 우글우글 몰려들고 있었다.

바로 그때.

피-잉!

잔반은 자신의 뺨을 스치고 지나가는 화살을 보았다.

"……?"

고개를 든 잔반의 시선에 저 흙절벽 위쪽의 토굴이 보인다.

"예쁜아. 도와줄까?"

"추이 님! 지원 왔습니다!"

그곳에는 견술과 서세치가 활을 든 채로 서 있었다.

견술은 활을 집어 들고는 잔반을 향해 화살촉 끝을 겨누었다.

"활은 별로 멋있지가 않기는 한데, 저쪽으로 내려가기는 싫어서 말이야."

짐주를 끊어서일까, 견술의 눈 밑이 퀭하다.

퍼-펑!

내공이 실린 화살이 쏘아진다.

짐주의 산공독이 미처 다 가시지 않았지만 그래도 상당한 양의 내력이 실려 있었다.

퍼-억!

잔반은 물속에 있던 염유어 한 마리의 대가리를 잡고 끌어올려 견술의 화살을 막아 냈다.

염유어의 경린은 절정고수의 내공이 실린 화살촉으로도 관통이 쉽지 않다.

견술이 씩 웃었다.

"어디 버텨 보라고 그럼. 화살받이로 만들어 줄 테니까."

미친개가 이빨을 드러냈다.

견술은 활에 화살을 세 대씩 장전해서 쏴 갈기기 시작했다.

…퍽! 퍼-억! 퍽! 퍽!

화살은 염유어의 시체를 뚫고 반대편으로 화살촉을 빼꼼 내민다.

잔반은 이를 악문 채 묵묵히 그 화살비를 받아 내고 있었다.

바로 그 순간.

"술천두님! 앞에!"

"엉?"

서세치가 견술을 확 끌어당긴다.

퍼—억!

방금 전까지 견술이 있던 자리에 화살 한 대가 박혔다.

"……!"

견술이 고개를 든 곳에는 절벽 건너편의 토굴이 보인다.

그곳에는 전신에 붕대를 감고 있는 두 명의 사내가 서 있다.

얼굴에 십(十)자 흉터가 그어져 있는 맹인 사내, 그리고 머리에 흘률의 두개골을 뒤집어쓰고 있는 거구의 사내.

사자위와 식인제할. 그 둘이 활을 든 채 견술을 바라보고 있었다.

"뭐야? 너네 살아 있었어?"

견술이 황당하다는 표정을 짓는다.

하지만 사자위와 식인제할은 그에 대한 별다른 대답 없이, 그저 견술과 서세치를 견제할 뿐이다.

"충신장님을 방해하지 마라."

"사비 도련님께 위해를 가하는 놈들은 다 역적이야!"

사비(沙飛).

그것이 충신장의 정체이자 잔반의 본명인 모양.

그때, 식인제할과 추이의 시선이 한데 마주쳤다.

식인제할이 으르렁거리듯 말했다.

"그때 심장을 피해서 찔러 준 것은 고마운데, 그렇다고 해서 도련님에게 대드는 것을 용서해 줄 수는 없다. 물러나라 전우야."

"……."

추이가 무어라 대답하려는 순간.

"지랄하네, 삼루에서는 내 발치에도 못 미치던 놈이."

견술이 식인제할을 향해 화살을 쏘아 보냈다.

…퍼억!

화살은 식인제할이 뒤집어쓰고 있던 두개골 투구에 빗맞아 튕겨 나간다.

"광견! 죽인다!"

"죽여 봐라, 이 미치광이 식인종아!"

식인제할과 광견이 서로를 향해 화살을 난사하기 시작했다.

한편, 추이는 조용히 뒤로 물러났다.

"하란사가(賀蘭沙家)의 생존자로군."

"……."

"그래서 정통 사가간자(沙家杆子)를 익히고 있었고."

그 말을 들은 잔반이 월아산을 회수했다.

키리릭―

창날에 묻은 어혈(魚血)과 어고(魚膏)를 털어 내며, 그는 피식 웃었다.

"그래서 뭐 어쨌다는 거냐."

"……."

"그래. 나는 구족(九族)을 말살당한 역적 가문, 하란 땅의 사씨다. 그것도 적통 중의 적통이지."

동시에. 월아산이 다시 한번 위에서 아래로 떨어져 내린다.

아까보다 훨씬 더 빠르고 거친 일격이었다.

쩌―엉!

쇠와 맞닿은 쇠가 벌겋게 달아오르며 격앙된 감정이 고스란히 전해져 온다.

하지만.

"……."

추이의 무감정은 잔반의 격정을 이겨 내고는 앞으로 나아간다.

꾸드드드드득……

매화귀창의 날이 월아산의 날을 천천히 밀어내며 아래로 내리눌렀다.

그것은 잔반의 목에 천천히 가 닿았고, 이내 목의 살가죽을 자르고, 그 안쪽의 근육과 뼈를 느리게, 아주 느리게 끊어

내기 시작했다.

푸슉! 푸슉! 푸슈슉!

목에서 시뻘건 선혈이 펑펑 뿜어져 나온다.

"......"

하지만 그럼에도 불구하고, 잔반은 비명을 지르기는커녕 여전히 무표정한 얼굴로 추이를 바라보고 있었다.

그때.

츠—츠츠츠츠츠츠츠......

추이와 잔반이 힘겨루기를 하고 있는 바로 밑으로 거대한 그림자 하나가 부상했다.

퍼—펑!

이윽고, 지금까지 봤던 모든 염유어들 중 가장 큰 개체가 아가리를 드러냈다.

쩍 벌어진 입은 반경 몇 장을 통째로 삼켜 버릴 듯하다.

그것은 잔반의 목에서 뿜어져 나오는 신선한 피 냄새에 이끌려 높게 뛰어올랐다.

뻐—억! 우지지지직!

추이와 잔반은 창을 돌려 거대 염유어의 몸통을 반으로 쪼개 버렸다.

콰—앙!

두 조각으로 갈라진 염유어의 시체가 물 아래로 천천히 가라앉는다.

잔반과 추이는 창을 회수하고는 각자 병마용의 창끝 위로 내려섰다.

온몸은 뜨겁고 비린내 나는 피로 푹 젖은 상태.

"……."

"……."

두 창잡이는 숨을 몰아쉬며 서로를 주시하고 있었다.

그때.

추이가 입을 열었다.

"잔반. 아니 사비. 네가 왜 이러는지 안다."

"……네가 뭘 알 수 있다는 말이냐."

잔반이 씹어 내뱉듯 말했다.

그러자, 추이는 대답 대신 다른 쪽으로 입을 열었다.

怒髮衝冠憑欄處 瀟瀟雨歇

ㅡ성나 곤두선 머리칼이 관을 뚫고, 난간에 기대어 쓸쓸히 그쳐 가는 비를 바라보네

抬望眼仰天長嘯 壯懷激烈

ㅡ하늘을 올려다보며 크게 소리쳐 부르짖으니, 장사의 감회가 끓어오른다.

三十功名塵與土 八千里路雲和月

ㅡ삼십 년의 공명은 한낱 먼지에 불과하고, 팔천 리 내달렸던 길은 구름과 달빛처럼 흔적도 없구나.

莫等閒 白了少年頭 空悲切

-비감하고 애절하도다, 검던 머리칼이 어느새 희어졌으니 어찌 더 이상을 기다릴 수 있으랴.

靖康恥猶未雪 臣子恨何時滅

-정강의 치욕을 아직도 설욕하지 못했으니 어느 때나 신하로서의 한을 풀 수 있을 것인가.

駕長車 踏破賀蘭山缺

-전차를 몰아 하란산을 짓밟아 무너뜨리리라.

壯志饑餐胡虜肉 笑談渴飮匈奴血

-배가 고프면 오랑캐의 살로 창자를 채우며, 목이 마르거든 흉노의 피로 축이리라.

待從頭 收拾舊山河 朝天闕

-옛 강토를 다시 되찾은 후에야 천자를 만나 뵈러 가리라.

구슬프게 울려 퍼지는 창귀의 노래.

그것을 들은 잔반의 두 눈이 조금 커졌다.

이 노래는 잔반이 종종 일루의 주점 짬통에서 부르던 노래였다.

또한 이 일대의 퇴역군인들이 술에 취해 부르곤 하던 군가이기도 했다.

그 시점에서, 추이가 말을 이었다.

"처음부터 알고 있었다. 네가 하란사가 출신이라는 것을."

"허풍이 세군."

"거짓이 아니다. 나는 동창(東廠)이 하란사가를 역적 도당으로 몰아 구족을 멸한 이유도 안다."

"……!"

그 말에 잔반의 동공이 흔들렸다.

믿을 수 없다는 듯한 그 반응을 앞두고, 추이가 무겁게 입을 열었다.

"나 역시 한때는 군문에 적을 두고 있었다."

과거의 나날이 떠오른다.

피와 진흙만이 가득하던 참호 속의 냄새.

그리고 그곳을 억지로 등져야만 했던 옛날의 기억이.

만강홍(滿江紅)

추이는 과거를 회상했다.

그것은 홍공과 조우하기 하루 전에 있었던 일이었다.

✼

…퍼억!

소년병 추이의 몸이 외로 기울어졌다.

화상과 칼자국으로 범벅된 얼굴이 미미하게나마 일그러진다.

퍼렇게 변할 정도로 까인 정강이.

그 앞에는 너덧 명의 군인들이 낄낄거리며 서 있었다.

풀린 눈, 퀭한 얼굴, 참호족에 걸려 붉고 푸르게 변해 버린 맨발.

그들은 추이를 실컷 두들겨 패고는 돌아섰다.

"내공을 쌓으니까 확실히 몸이 변한 게 느껴져."

"그 전에는 맨몸뚱이로 어떻게 싸웠나 몰라."

"한 줌의 내공이라도 있으나 없으나가 천지차이지."

"이러면 굳이 선임병들을 대우해 줄 필요도 없는 거 아냐?"

"그럼그럼. 내공을 못 배웠다면 저 무능한 오랑캐 놈처럼 최전방에서 화살받이나 되어야 하잖아."

"무공을 배우면 승진도 빠르지. 역시 배우고 볼 일이야. 동창의 교두들 만세다, 만세야."

그들은 창으로 질척질척한 참호 바닥을 짚어 가며 어디론가 가 버렸다.

"……"

추이는 몸을 일으켜 옷자락에 묻은 진흙을 털었다.

바로 그때.

"또 그놈들한테 맞았냐?"

참호 위에서 누군가가 이쪽을 향해 걸어왔다.

추이가 고개를 들자 표주박 하나가 날아든다.

썩은 조밥과 소금에 절인 무 한 덩이.

표주박 속의 밥알 사이사이로 구더기 몇 마리가 기어가는 것이 보인다.

호예양. 그가 표주밥의 밥을 손으로 집어 먹으며 말했다.

"오늘 새벽 전투가 유독 참혹했잖냐. 제정신으로 있는 놈들이 없을 거다."

"⋯⋯."

"앞으로는 침상에 눕지 말고 그냥 시체들 사이에 누워 있어. 선임들 눈에 띄어 봤자 괜히 부조리만 당할 뿐이야."

호예양은 추이의 옆에 털썩 걸터앉았다.

추이가 썩은 조로 만든 주먹밥을 우물거리는 동안 호예양은 긴 한숨을 내쉬었다.

"믿기 어려울지도 모르겠지만, 몇 년 전까지만 해도 이 부대는 꽤 편한 부대였어."

"그 말을 믿으라고?"

"믿고 안 믿고는 네 자유지만. 뭐, 다 옛날얘기야."

추이의 반문에 호예양은 어깨를 으쓱하며 말을 이었다.

"예전에 이 부대를 통솔했던 장군님 한 분이 계셨는데. 그분이 계실 때만 하더라도 병사들 간의 이런 차별과 부조리는 없었어. 훈련이 힘들면 힘들었지 부조리나 악폐습은 없었단 말이야."

"괜찮은 장군이었나 보군."

"좋은 지휘관이었지. 항상 최전선에서 싸웠고 밥도 병사들과 같은 것을 먹어. 한때는 내 옆구리에 난 종기를 칼로

째서 직접 입으로 고름을 빨아내 줬던 적도 있었다."

"장군이 병사의 종기를? 그 또한 믿기 어렵군."

"말했잖아. 믿고 안 믿고는 네 자유라고. 하지만 봐. 나는 그날의 일을 똑똑히 기억한다."

호예양은 갑옷의 한쪽 구석을 들추고는 옆구리에 난 칼자국을 보여 주었다.

그곳에는 커다란 종기가 났다가 아문 흔적이 역력했다.

"사거(沙拳) 장군님은 따르다 죽을 만한 가치가 있는 인물이었지. 이곳 최전선의 영웅이셨어. 모든 이들이 그분을 존경했다. 심지어 아까 네 정강이를 깠던 쓰레기들조차도 말이야."

"그런데 지금은 왜 이 모양이냐?"

"사 장군님이 경질되신 이후 동창의 고위층들이 실권자들을 제 입맛대로 갈아치웠기 때문이지."

호예양은 씁쓸하다는 듯한 기색으로 현 세태(世態)를 이야기했다.

"동창 놈들이 개입한 이래 말단 병사들은 죄다 쓰다 버리는 소모품으로 전락했어. 조금이라도 무공을 쓸 줄 아는 놈들만 대우받기 시작했지. 너 예전에 있었던 충신장의 난(難)을 들어 봤나?"

"들어 봤다. 역적 도당들이 폭거를 일으켜서 황실 정규군이 진압했던 사건으로 기억하는데."

"그렇군. 그렇게 알고 있구나."

"......?"

추이의 대답을 들은 호예양은 고개를 절레절레 저었다.

"실상은 조금 다르다. 그때 내가 소속되어 있던 예전 부대의 지휘관들도 거기 있었거든."

"토벌군에 말인가?"

"아니. 반란군 쪽에 말이야."

"......!"

호예양은 옛날 일을 담담하게 이야기했다.

"몇 년 전, 하란산 너머의 오랑캐들과 대대적인 전투가 벌어졌던 적이 있었다."

"......."

"그 싸움에서 아군 만 육천 명이 전사했지. 그리고 삼만 명의 부상자들이 발생했어."

"......."

"부상자들 중에는 중원인도 있었고 하란산 너머에서 귀화해 온 오랑캐들도 있었다. 평소에는 차별이 이루어지지만, 전장에서 입은 부상 앞에서는 모두가 공평하게 가난하고, 아프고, 비참했어."

추이는 별다른 반응 없이 고개를 끄덕였고 호예양은 굳은 표정으로 말을 계속했다.

"전장에서 부상당하여 퇴역하게 된 상이군인들은 황실이

약속했던 퇴직금과 연금을 기대하는 것 말고는 앞으로 살아갈 도리가 없었지."

"그렇겠지."

"그런데 이변이 일어났어. 황실이 말을 뒤집은 거야. 재정 상태가 나빠서 전장에 나가기 전에 약속했던 퇴직금과 연금을 줄 수 없다고 했거든."

"뭐라고? 그렇다면 누가 전장에 나가겠나."

"맞는 말이야. 지금에서야 안 사실이지만, 그 당시의 황제는 주색잡기에 푹 빠져 있느라 국고를 어마어마하게 탕진했다더군. 주변의 환관들도 그 밑에서 단물을 빨아먹느라 혈안이 되어 있었고. 국고에 퇴역 군인들에게 줄 보상금이 남아 있지 않은 것은 어찌 보면 당연지사였을지도 모르지."

"하지만 그러면 현역 병사들의 사기가 지나치게 저하될 텐데?"

"거기서 동창이 해결책이라고 제시한 것이 '병사들 수를 줄이는 대신 개개인의 무력을 증진시키는 전략'이었다. 바로 병사들에게도 무공을 보급하는 거였어."

"무공을? 설마……."

"그래. 지금 동창 소속으로 파견 나온 무공 교두들. 그들은 동창의 환관들뿐만 아니라 무림의 등천학관이나 귀곡학당에서 파견된 고수들로도 이루어져 있지. 그러니까, 병사들 개개인을 강하게 만들어서 돈을 줄 병사들의 머릿수를 줄이겠다는 계획이야. 어떤 멍청한 새끼 대가리에서 나온 계획인지, 참……."

"그렇군. 무림에서 나온 무림인들이 병사들을 가르치는 이유가 그것 때문이었어."

"그래. 그 과정에서 웃기는 일이 벌어지게 되었지. 단전이 아직 말랑말랑한 신병이 심법 몇 가닥 배웠다고 십수 년을 전장에서 굴러먹은 선임 노병들을 무시하게 되었으니 말이야. ……하지만 진짜 문제는 그것이 아니었어."

"진짜 문제?"

"응. 무공 문제야 그렇다고 쳐도, 이미 발생한 사망자들과 부상자들에 대한 보상 문제. 그것이 여전히 심각한 사회 문제로 남아 있었거든."

추이는 진흙 둑 위에 걸터앉았다.

원래는 구더기 밥을 다 먹을 때까지만 들으려고 했는데 생각보다 흥미가 가는 주제였다.

호예양은 저 멀리 넘실거리는 강물을 바라보며 말을 이었다.

"결국 퇴역 군인들은 보상을 받았어."

"잘됐군. 어떤 보상을 받았나?"

"쌀."

"쌀이라……."

호예양의 대답을 들은 추이는 뒷말을 흐리며 표주박 속을 들여다보았다.

본디 병사들에게 배급되었어야 할 쌀밥 주먹밥.

하지만 실제로 나온 것은 썩은 조와 기장으로 만든 형편없는 주먹밥이었고 그마저도 구더기가 잔뜩 슬어 있었다.

추이의 시선을 느낀 호예양은 고개를 끄덕였다.

"맞아. 그 쌀의 절반 이상은 쌀겨였어. 그리고 나머지 절반은 톱밥과 모래였지."

"……폭동이 안 일어났나?"

"왜 안 일어났겠어. 그래서 벌어진 게 아까 말했던 '충신장의 난'이야."

추이도 얼추 들어 본 적이 있었다.

그때는 그냥 국가 전복을 꾀한 폭도들의 난이고 그마저도 조기에 진압당했다고만 알고 있었는데, 호예양의 입에서 나온 말은 전혀 다른 것이었다.

"난을 일으킨 자들은 대부분 퇴역군인들이었어. 그들은 자신들이 반란군이 아니며 사회 전복이나 정권 획득과는 무관하다고 선을 그었지. 오히려 오랑캐들과의 싸움에서 청춘을, 신체의 일부를 잃었으니 자신들이 진정한 애국자이자 충신들이라고 주장했어. 그래서 그들은 스스로를 가리켜 충신장(忠臣蔵)들이라고 불렀지."

나라를 위해 몸을 바쳤으니 그에 해당하는 대우를 해 달라.

이 당연한 것은 그때도, 지금도 지켜지지 않고 있다.

호예양은 계속해서 말했다.

"충신장들이 요구하는 바는 명확했어. 제대로 된 보상, 그리고 형편없는 보상을 기획한 주동자의 처형. 딱 둘이었지."

"어떻게 됐지?"

"너도 알잖아. 황실은 들은 척도 하지 않았어. 다만 군대를 모아서 이 반란군 역적들을 토벌하라고 했지."

추이의 질문을 들은 호예양의 낯빛이 순간 어두워졌다.

"여기서 대두된 것이 바로 '하란사가(賀蘭沙家)'의 멸족 사건이야."

명문 군벌 가문 하란사가(賀蘭沙家).

대장군 사거를 비롯하여 수많은 장군들을 배출해 낸 이 쟁쟁한 가문은 충신장의 난과 얽혀서 가혹한 운명을 맞이하게 된다.

호예양은 말했다.

"당시 거기장군(車騎將軍)으로 있었던 사거 장군은 황제에게 유일하게 제 목소리를 내는 사람이었다고 해. 충신장의 난을 무력으로 진압하는 것은 불가능하다고 주장하셨다나."

"하긴. 비록 불구가 되었다고는 하나 불과 몇 개월 전까지 하란산 너머의 오랑캐들과 싸우며 구산팔해의 지옥을 돌아다녔던 최전방의 전문가들이 아닌가. 토벌하려면 막대한 피해를 감수해야겠지."

"그도 그렇지만, 애초에 자기 휘하의 병력들이었던 장정들을 어찌 토벌할 수 있겠어. 다 본인의 명령에 따르다가 죽거나 불구가 된 이들인데 말이야."

"그 또한 그렇지."

추이는 천천히 고개를 끄덕였다.

예전에 지휘관이 발 씻을 물을 떠 가다가 본 적 있었다.

지휘관의 막사 안에 쓰여 있던 커다란 글귀.

爲國獻身 軍人本分

-국가를 위해 헌신하는 것이 군인의 본분이고.

强國之牆 是人築的 不是磚砌的

-강한 국가는 벽돌로 만들어진 벽이 아니라 사나이로 만들어진 벽을 가진다.

지휘관은 그것이 옛 상관 사거 장군이 써 놓은 글귀라고 했었다.

호예양은 말을 계속 이어 나갔다.

"반란군과 대치하던 어느 날 밤, 토벌군의 지휘관이었던 사거 장군은 밤중에 몰래 진영을 빠져나와 반란군의 진영으로 찾아갔다고 해."

"단신으로?"

"응. 죽장망혜의 단신으로. 그래서 그 당시 보초를 서고 있었던 반란군들이 크게 놀랐다나 봐. 생각해 봐. 옛 상관이자 지금은 적이 된 노장군이 껄껄 웃으면서 혼자 태연하게 관문으로 들어오면 기분이 어떨지."

"묘하겠군. 활을 쏠 수도 없고, 문전박대할 수도 없고."

"하지만 사거 장군은 병사들의 신망이 두터웠던 인물인지라 그들도 결국 마음을 열고 만났다고 해."

"그래서 어떻게 됐지?"

"사거 장군은 충신장들의 입장을 듣고 유혈 사태를 막을 수 있겠다고 판단했대. 그들이 원하는 것은 간단했으니까. 제대로 된 대우와, 보상금을 횡령한 이들의 처벌 말이야."

하늘의 먹구름이 무심하게도 흘러간다.

그것은 금방이라도 비를 흩뿌릴 듯 하늘의 한쪽 구석에 우묵하게 모여들고 있었다.

호예양이 말을 이었다.

"사거 장군은 약속했어. 보상 문제를 명확하게 하고, 부정부패를 면밀하게 전수조사하여 횡령한 탐관오리들을 능지처참하겠다고. 그 약속을 하고 군영을 이탈하여 황도로 향했지. 황제를 만나 자세한 내막을 설명할 요량으로."

"……."

추이는 잠자코 호예양의 말을 들었다.

어느덧 꽉 말아 쥔 주먹에 땀이 흥건히 차오른 것도 모른 채.

그리고 이내, 호예양이 씁쓸한 어조로 말을 이었다.

"……그리고 그날이 사실상 하란사가의 운명이 정해지는 분기점이었지."

호예양이 설명하는 그 이후의 일은 암울하기 그지없었다.

황제의 눈과 귀를 가리고 있던 환관들은 사거 장군이 자신들의 비리를 고발하고 황제에게 제대로 된 현실을 알려 주러 온다는 사실을 미리 입수했다.

이에 그들은 사거를 제거할 계략을 꾸민다.

먼저, 환관들은 사거에게 접선하여 황제와 알현하는 방법을 알려 주었다.

현재 황제는 값비싼 선물을 가져가지 않고서야 신하들의 알현을 허락하지 않고 있다는 환관들의 말에 사거는 약간 당황했다.

한평생 전장의 최전선에서 굴러먹던 청렴한 군인이다 보니 위에 바쳐야 할 뇌물에 대해서는 무지했던 것이다.

이에 환관들은 사거에게 값비싼 보검 한 자루를 선물로 내준다.

이걸 진상하게 된다면 황제도 기뻐하면서 그를 만나 줄 것이라는 당부를 덧붙이는 것도 잊지 않았다.

시간이 흘러, 사거는 황제와의 알현 날짜가 잡혔다는 소식을 듣게 되었다.

그는 그나마 가장 좋은 무명옷을 갖춰 입고 예복을 정갈하게 점검한 뒤 황궁으로 향했다.

본궁에서 정식으로 이루어지는 알현이 아니라 조금 이상하다고 생각하기는 했으나, 사거는 그때까지만 해도 황실이 이렇게까지 썩어 있으리라고는 미처 생각하지 못했다.

그렇게 사거는 본궁이 아닌, 멀찍이 떨어진 별궁으로 향했다.

선물로 진상할 보검을 품에 안은 채로 말이다.

이윽고, 사거는 환관들이 정해 준 시간에 맞추어 내궁으로 입성하게 된다.

그리고 그는 그곳에서 황제를 만났다.

다만, 그때 내궁에 있던 황제는 알몸으로 한창 여색을 탐하고 있던 중이었다.

환관들에게 아무런 보고를 받지 못한 황제는 별안간 침소로 들어온 사거를 보고 혼비백산했고 미처 근위병들을 부를 생각도 하지 못한 채 까무러치고 만다.

그 이후, 환관들은 발 빠르게 움직였다.

작정하고 준비 중이던 동창 소속의 황실 경비대 금의위(錦衣衛)들이 출동했고, 그들은 사거를 대번에 포박하여 지하감옥 깊숙한 곳에 가둬 버렸다.

황제의 침소에 칼을 가지고 들어갔다는 이유로, 사거는 하루아침에 장군에서 황제를 시해하려 한 역적 도당으로 전락해 버렸다.

이후 사거는 변변찮은 수사나 재판도 받지 못한 채 대역죄인들이나 받는 극형에 처해진다.

사거가 단신으로 군영을 이탈하여 반란의 수괴들과 접촉했고, 그들의 지령을 받아서 황제를 암살하려 했다가 미수에 그쳤다는 소문이 황도 전체에 쫙 퍼졌다.

혀와 슬개골이 잘린 사거는 칼을 쓴 채 황도의 거리 곳곳으로 끌려 다녀야 했고 그때마다 동창에게 포섭된 이들이 우르르 몰려나와 침을 뱉고 돌을 던졌다.

하란사가의 구족(九族)을 멸하라는 황제의 명령이 내려진 것도 그쯤이었다.

구족멸문지화(九族滅門之禍)가 하란 땅의 사씨 가문을 덮쳤다.

본인을 포함하여 고조부모(高祖父母), 증조부모(曾祖父母), 조부모, 부모, 아들, 손자, 증손자 등 현손(玄孫)의 아홉 대에 걸친 친족들이 모조리 저잣거리로 끌려나와 참수당했다.

하란사가의 뛰어난 무재와 비범한 근성을 두려워한 환관들은 단 하나의 불씨조차 남겨 놓지 않으려 했다.

숙청 대상에는 하란사가의 방계(傍系) 핏줄들도 모조리 포함되어 있었으며 고조의 사대손이 되는 형제, 종(從)형제, 재종형제, 삼종형제는 물론, 부계 사친족(四親族), 모계 삼친족, 처족, 이친족까지도 싹 다 포함되어 형장의 이슬이 되었다.

대로한 황제는 사거의 구족이 아닌 십족(十族)을 주살하겠다며 하란사가의 후기지수들을 가르쳤던 스승들까지도 잡아 죽이려 들었으나, 그들 대부분이 전장에 나가 있는 현역 장군들이었기에 그 부분만은 불가능했다.

그 대신, 하란사가와 사제의 연을 맺었던 모든 이들은 '충신장의 난'을 진압하는 데 강제 동원되었다.

난을 일으켰던 충신장들은 동창이 이끄는 군대와 동창의 하청을 맡은 무림인들의 무공에 의해 모두 진압당했다.

무림이 관으로부터 정수불범하수(井水不犯河水), 관무불가침(官武不可侵)의 약속을 받아 낸 것도 이때의 성과였다.

이후 최전방의 모든 부대들은 강제로 개편되었고, 말단 병사로 있었던 호예양 역시도 이곳저곳을 떠돌다가 여기 노도 부대에 와서 추이를 만나게 된 것이다.

호예양은 강물을 바라보며 말했다.

"결국 예전에 함께했던 전우들은 모두 죽었어. 아무런 보상도 받지 못한 채로."

"……."

"그때 그들이 죽어 가면서 부르던 노래를 아직도 기억해."

호예양은 불타는 숯을 삼켜 변해 버린 목소리로 나지막하게 읊조렸다.

怒髮衝冠憑欄處 瀟瀟雨歇

—성나 곤두선 머리칼이 관을 뚫고, 난간에 기대어 쓸쓸히 그쳐 가

는 비를 바라보네

抬望眼仰天長嘯 壯懷激烈!

―하늘을 올려다보며 크게 소리쳐 부르짖으니, 장사의 감회가 끓어
오른다.

三十功名塵與土 八千里路雲和月

―삼십 년의 공명은 한낱 먼지에 불과하고, 팔천 리 내달렸던 길은
구름과 달빛처럼 흔적도 없구나.

莫等閒 白了少年頭 空悲切

―비감하고 애절하도다, 검던 머리칼이 어느새 희어졌으니 어찌 더
이상을 기다릴 수 있으랴.

靖康恥猶未雪 臣子恨何時滅

―정강의 치욕을 아직도 설욕하지 못했으니 어느 때나 신하로서의
한을 풀 수 있을 것인가.

駕長車 踏破賀蘭山缺

―전차를 몰아 하란산을 짓밟아 무너뜨리리라.

壯志饑餐胡虜肉 笑談渴飮匈奴血

―배가 고프면 오랑캐의 살로 창자를 채우며, 목이 마르거든 흉노의
피로 축이리라.

待從頭 收拾舊山河 朝天闕

―옛 강토를 다시 되찾은 후에야 천자를 만나 뵈러 가리라.

참호 속, 창칼과 말발굽 아래 짓밟히던 전우들이 목 놓아

부르던 과거의 노래.

그때의 심경이 절절하게 전해져 온다.

지금 호예양은 어떤 생각을 하고 있을까.

무슨 마음으로 저 멀리 붉게 흐르는 만강(滿江)을 바라보고 있을까.

추이는 지금 자신이 느끼는 감정을 알지 못하여 자리에서 벌떡 일어났다.

머리카락이 쭈뼛 치솟아 오르고 몸의 마디마디가 근질근질한 그때의 감정이 '비분강개(悲憤慷慨)'의 호연지기라는 사실을, 추이는 훗날 나중에 호예양마저 비슷한 길을 걸어가고 난 이후에나 깨닫게 된다.

회상이 모두 끝났다.

추이는 자신의 과거를 짤막하게 말했고 잔반은 그것을 이해했다.

잔반, 아니 사거 장군의 아들 사비가 입을 열었다.

"군문에 몸담고 있었다면 내 심경에 조금이나마 공감할 수 있겠군."

"……어찌 모르겠나."

알다 못해 미래까지 다 꿰고 있다.

추이는 사비의 말로를 직접 눈으로 보았었다.

그의 최후를 끝까지 지켜봤던 사람이 바로 추이였기 때문
이다.

'…….'

추이는 회귀하기 전, 원래의 운명을 떠올렸다.

정도의 등천학관과 사도의 귀곡학당이 황실 주최하에 비
무대회를 열던 날.

혈마 홍공이 세력을 일으켜 난장판으로 만든 그 자리에는
사비를 비롯한 토법고로의 충신장들도 존재했다.

홍공은 정도 무림과 사도 무림의 후기지수들을 모두 죽이
고 이들 모두를 강시와 창귀로 만들어 무림에 끔찍한 혼란을
일으킬 계획이었고, 사비는 홍공과 손잡고 황실을 쳐서 아비
와 가문, 전우들의 원수를 갚을 의도를 가지고 있었다.

이후 사비와 토법고로 사루의 충신장들로 인해 동창은 치
명적인 피해를 입게 되고 이후 혈교와의 신경전에서 발을 빼
버리게 된다.

당시 사비가 토법고로에서 데려온 사십칠 인의 충신장들
은 사루에서 수없이 많은 격전을 치르고 살아남은 광인들.

사비는 마흔일곱의 정예병을 엄선하여 선별한 뒤 대장군
가의 무공을 가르쳤고 그들은 하나하나가 일기당천의 고수
들로 성장했다.

그들은 심지어 사비가 수중에 가지고 있었던 마흔일곱 정

의 사가단(沙家丹)에 의해 단전을 완벽하게 수복한 상태이기도 했다.

사비를 포함, 고작 마흔여덟에 불과했던 인원수였으나 당시 그들의 세력은 혈교의 한쪽 축을 떠받칠 정도로 강맹했다.

이들은 스스로를 충신장이라고 불렀고 그날 이후 동창과의 기나긴 싸움에 들어갔다.

······하지만 혈교가 결국 비참한 결말을 맞이했던 것과 같이, 충신장들 역시도 그리 좋은 결말을 맞이하지 못했다.

마흔일곱의 충신장들은 쫓기던 도중 하나하나 죽어 갔고 종국에는 사비 혼자만이 남았다.

그리고 추이가 사비를 만났던 것이 바로 이때쯤이었다.

추이가 막 오자운과의 동행을 끝내고 군문에 복귀했을 때, 추이가 편입된 부대가 바로 이 사비를 추격해 죽이는 임무를 띠고 있었던 추격대였기 때문이다.

당시 제할(提轄)의 계급을 부여받았던 추이는 휘하의 병사들 몇몇만을 끌고 수배 중이었던 사비를 추격하여 마침내 홀로 남은 그를 만났다.

사비는 부하들을 모두 잃고 오강(烏江)의 지류에 서 있었다.

추이가 창을 겨누었을 때, 사비는 그런 추이에게 저항하지 않았다.

다만, 그는 아비와 가족들의 무덤이 있는 높은 봉우리에 올라 자신의 몸을 분신(焚身)했을 뿐이다.

怒髮衝冠憑欄處 瀟瀟雨歇

-성나 곤두선 머리칼이 관을 뚫고, 난간에 기대어 쓸쓸히 그쳐 가는 비를 바라보네

抬望眼仰天長嘯 壯懷激烈!

-하늘을 올려다보며 크게 소리쳐 부르짖으니, 장사의 감회가 끓어오른다.

三十功名塵與土 八千里路雲和月

-삼십 년의 공명은 한낱 먼지에 불과하고, 팔천 리 내달렸던 길은 구름과 달빛처럼 흔적도 없구나.

莫等閒 白了少年頭 空悲切

-비감하고 애절하도다. 검던 머리칼이 어느새 희어졌으니 어찌 더 이상을 기다릴 수 있으랴.

靖康耻猶未雪 臣子恨何時滅

-정강의 치욕을 아직도 설욕하지 못했으니 어느 때나 신하로서의 한을 풀 수 있을 것인가.

駕長車 踏破賀蘭山缺

-전차를 몰아 하란산을 짓밟아 무너뜨리리라.

壯志饑餐胡虜肉 笑談渴飮匈奴血

-배가 고프면 오랑캐의 살로 창자를 채우며, 목이 마르거든 흉노의

피로 축이리라.

待從頭 收拾舊山河 朝天闕

–옛 강토를 다시 되찾은 후에야 천자를 만나 뵈러 가리라.

그때 사비가 목 놓아 부르던 노래 가락.

불길이 너울거리던 그 말로(末路).

그것이 한때 대장군가로 이름 높았던 하란사가의 진정한 종말이었다.

그때의 일로 추이는 군문에서 퇴역했다.

하란사가에게 누명을 씌우고 그 생존자 잔당들을 끝까지 표독스럽게 추적해 죽였던 동창의 중정(中情)을 싫어하게 된 것도 그즈음부터였다.

추이는 냉정하게 상황을 판단했다.

'……하란사가의 생존자가 황실과 동창, 무림 전체를 증오하는 심경은 이해하지만, 그렇다고 해서 혈교에게 이용당하도록 둘 수는 없지.'

사비가 가지고 있는 울화는 이해하는 바이다.

다만 그것이 홍공에게 이용당하는 것은 막아야 한다.

추이는 한 번 더 물었다.

"다시 한번 묻지. 토법고로 안에서 내공을 쓴 자와는 손을 잡을 수 없다. 그것이 너의 생각이지?"

"그렇다니까?"

"이 또한 다시 묻겠다. 그 규칙은 누구에게나 평등하게 적용되나?"

"황제가 와도 똑같다고 했을 텐데."

"그렇군. 그러면 됐다."

"……?"

방금 전에 했던 질문들을 똑같이 반복하는 추이를 향해 사비가 눈살을 찌푸려 보였다.

추이는 사비가 홍공과 손을 잡지 않을 것임을 재확인하고는 고개를 끄덕였다.

왜냐하면 홍공 역시도 삼금삼가의 규칙을 어겼기 때문이다.

혈교의 난 당시 홍공의 편을 들어주었던 토법고로의 사비가 돌아섰다.

이것으로 홍공의 세력을 다시 한번 크게 축소시킨 셈.

추이는 자신이 이곳 토법고로에서 풀려 했던 모든 숙원들이 다 이루어졌음을 느꼈다.

'……그렇다면 이제 여기에서 빠져나가는 일만 남았다.'

추이는 매화귀창을 들어 올렸다.

사비 역시도 월아선장을 들어 올린다.

말단 병사의 창술 대 대장군의 창술.

하지만 공유하고 있는 정신과 얼은 비슷하다.

한때 군문에 적을 두었던 은퇴자들이 서로의 심장을 향해 창을 겨누었다.

"끝을 보자."

"……오라."

피차(彼此), 전우라는 말은 굳이 입에 담지 않기로 했다.

후두둑― 후두둑―

지상에 비가 내린다.

그러면 지하에도 비가 내린다.

…울컥! …울컥! …울컥! …울컥!

지상의 번화가에서 하류로 흘러 내려온 오물들이 지층을
투과하여 내리는 검은 비.

쏴―아아아아아……

이곳 지하무덤의 광활한 공동에 시커먼 오물들의 소나기
가 뚝뚝 떨어져 내리고 있었다.

둥실―

반으로 갈라져 죽은 염유어의 시체들이 오물늪 위로 떠오
른다.

사비, 이제는 잔반이라는 호칭으로 더 익숙한 사내가 그것
을 밟고 추이를 향해 걸어왔다.

"옛날 하(夏)의 우(禹)가 이렇게 말했지. 순(舜)이 하우씨에게

말하기를, '낙수의 치수에 성공하는 자가 왕이 될 것이다'라고."

"……."

추이는 끈적하게 흘러내리는 검은 비를 맞으며 말이 없다.

잔반이 월아산을 천천히 들어 올렸다.

"낙수는 강바닥이 주변보다 높은 천정천(天井川)이라 통제가 안 되지. 낙수를 다스리는 자가 천하를 다스린다는 말이 나오는 것도 이해가 돼."

"……."

"지하에 이 정도 오물비가 내리는 것을 보면 아마 지상에서는 낙수가 넘쳐서 범람하고 있을 거야. 어쩌면 이 무덤도 곧 무너져 내릴지 모르는 일."

동시에, 시퍼런 창강이 뿜어져 나와 추이의 목을 노렸다.

허공을 베어 물며 도약하는 참격의 폭풍을 추이는 묵묵히 창으로 걷어 냈다.

빠—캉!

창강과 창강이 맞부딪쳤다.

퍼퍼퍼퍼퍼퍼펑!

사방팔방으로 튄 강기의 파편이 곳곳에 커다란 물기둥들을 만들어 냈다.

잔반이 건너편 병마용의 창끝 위로 내려앉았다.

동시에, 그는 월아산을 높게 들어 올렸고 그대로 수면 위를 쓸 듯이 휘둘렀다.

…퍼엉! …퍼엉! …퍼엉! …퍼엉! …퍽!

창끝에서 뻗어 나온 강기가 마치 물수제비뜨기를 하듯, 수면 위를 몇 번이고 박차며 추이를 향해 쏘아져 나간다.

"……."

추이는 코앞까지 날아든 참격을 보며 눈을 감았다.

육혼의 이 층계에 오르며 반박귀진(返樸歸眞)의 경지에서 더더욱 지고한 영역으로 올라가게 된 추이다.

기진절속(棄塵絕俗), 불모영리(不慕榮利), 청심과욕(淸心寡慾), 존성본도(存性本道).

추이의 눈에서 일순간 시뻘건 마기가 폭사되었다가 어느덧 언제 그랬냐는 듯 잠잠해졌다.

키리릭!

추이의 창이 뱀처럼 휘었다.

그러고는 물수제비처럼 날아드는 잔반의 참격을 위로 걷어 올렸다.

콰―직! 우지지지직!

대기가 산산조각으로 파열되며 수십, 수백, 수천, 수만 겹의 훈륜(暈輪)들이 겹쳐서 나타났다.

붉은 기운과 푸른 기운이 뒤엉키며 수면을 사납게 그러모으고 또 찢어발기기를 반복하고 있었다.

아직까지도 피 냄새에 미련을 버리지 못하고 수면 아래를 맴돌던 염유어들이 물살에 휩쓸려 우르르 죽어 나간다.

콰—직!

무너져 내리는 병마용 위에서 잔반과 추이의 창이 다시 한 번 격돌했다.

잔반이 핏발 선 눈으로 외쳤다.

"지긋지긋한 무림인 놈들, 제발 사라져라!"

"……."

추이는 잔반의 창날을 막아서며 미간을 찡그렸다.

문득, 일루의 주점에서 들었던 잔반의 예시가 떠오른다.

'여기에 일곱 살 난 소녀와 마흔 살 먹은 거한이 있습니다. 이 둘이 싸우면 누가 이길까요?'

'만약 그 일곱 살 난 소녀가 유명한 무림세가 출신이라면? 가령 천하제일검가로 불리는 남궁세가의 금지옥엽 아가씨라면 어떨까? 어려서부터 온갖 영약으로 몸보신을 하고 신묘한 심법 구결을 밤낮으로 외웠다면? 그리고 절세의 보검으로 무장하고 있다면?'

'마흔 살 사내는 아무런 내공도 쌓지 못하고 변변찮은 무기조차 없이, 그저 전장만 굴러먹던 말단 병졸이라면?'

'아마 남궁세가의 일곱 살 난 소녀가 마흔 살 먹은 노병을 일장에 때려죽이겠지?'

'본디 자연에서는 약자와 강자가 구분되어서 태어나. 약자는 먹히기 위해서 태어나고 강자는 먹기 위해서 태어나지.

풀이 그렇고, 풀을 뜯어먹는 사슴이 그렇고, 사슴을 잡아먹는 범이 그렇잖아. 약하면 먹히고 강하면 먹는다. 그런 운명을 벗어나고 싶다면 죽을 만큼 단련하고 또 단련해야 하지. 하지만 그렇다고 해도 운명을 거스르는 것은 쉽지 않은 법이야. 마치 풀이 아무리 단련해도 사슴을 이길 수 없고, 사슴이 아무리 단련해도 범을 이길 수 없듯이, 이것이 대자연의 순환 고리를 이루는 절대불변의 법칙이겠지. 하지만……'

'유독 무림에서만큼은 그 자연의 법칙이 통하지 않아. 본디 나약하게 태어난 아이가 한평생 육체를 단련해 온 노병을 가지고 논다. 단지 부모를 잘 만나 상승의 무공과 고품질의 영약을 얻은 것만으로 말이야. 그것은 잘못된 거야. 상선약수(上善若水)의 흐름에 정면으로 반하는 현상이라고.'

잔반은 무림인을 증오한다.

동창의 하청을 받아 하란사가를 지워 버리는 데 일조한 무림인들, 그들을 이 세상에서 모두 박멸하는 것을 이차적인 목표로 삼고 있을 정도다.

"자격 없는 것들이 가진 힘을 모두 빼앗아야 한다. 철저한 약육강식(弱肉强食), 강약약강(强弱弱强)의 섭리로 회귀하는 것이야말로 자연의 질서를 지키는 것이야."

"……."

잔반의 창이 또다시 투박한 궤적을 그려 놓는다.

촤촤촤촤촤촤촤촥!

사가간자(沙家杆子).

오로지 상대를 죽이는 것만을 목적으로 하는, 철저한 공격 일변도의 창술.

찌르기와 베기로 이루어진 참격의 그물망이 추이를 거칠게 옥죄어 오고 있었다.

바로 그때.

쩌-엉!

추이가 창을 내뻗어 잔반의 창날을 후려쳤다.

콰긱! 쿵!

잔반의 월아산 날을 짓밟는 추이.

무거운 월아산의 날이 발바닥 아래에 짓눌려 옴짝달싹도 하지 않게 되었다.

잔반은 황급히 창날을 회수하려 했으나.

꾸드드드득……

추이의 발밑에 끼인 창날은 아무리 힘을 써도 빠지지 않았다.

'무슨 놈의 힘이……'

잔반의 이마에서 굵은 식은땀 한 방울이 흘러내렸다.

이것은 단지 내공만의 문제가 아니다.

추이는 순수한 육신의 힘마저 어지간한 양의 내공이 발산하는 힘쯤은 가뿐히 뛰어넘고 있는 것이다.

그 시점에서, 추이가 창날을 들어 올렸다.

"염유어에 관심이 많다고 했나?"

"……?"

잔반의 표정이 미미하게나마 일그러졌다.

추이는 여전히 무미건조한 어조로 말을 이어 가고 있었다.

"지상에서 도피해 숨어서 독자적으로 무(武)의 정의를 실현하겠다고?"

동시에.

쿠드드드득―

잔반의 창을 밟고 있는 추이의 발밑으로 쩍쩍 균열이 간다.

거대한 병마용의 창끝이 무너져 가며 점차 검은 물 밑으로 붕괴해 내리고 있었다.

추이의 목소리가 이어졌다.

"무(武)는 얼마든지 악용될 여지가 있으나, 그 뒤에 협(俠)이 붙으면 다르다."

"……."

잔반은 입을 다문 채 말이 없다.

추이는 계속해서 잔반의 창을 밟은 채 말했다.

"무(武)를 통제하는 것이 협(俠)이다. 무가 앞서지 않는 협은 그저 말뿐인 이상, 협이 뒤따르지 않는 무는 결국 사악한 폭력이 될 수밖에 없지."

그 순간.

…콰르릉!

병마용이 완전히 무너져 내린다.

"……!?"

잔반은 그대로 오물늪에 빠졌다.

꾸르르르르르륵……

그가 막 입안으로 밀려 들어오는 오수를 들이마시고 있을
때.

퍼—억!

물속에서 뻗어 나온 거대한 물기둥 하나가 잔반의 복부를
가격했다.

"……!"

잔반은 그대로 물 밖으로 내팽개쳐졌고 또 다른 병마용의
창끝에 가 부딪쳤다.

"커헉!"

피를 토하며 쓰러지는 잔반의 앞으로 몇 개의 물기둥이 연
달아 쏘아져 왔다.

하나같이 끝이 날카로운 창의 형상을 갖추고 있는 수류(水
流)였다.

콰콰콰콰콰쾅! 쿠르르르르르르릉……

물기둥들이 거대한 병마용의 전신을 난자한 끝에 완전히
붕괴시켜 버렸다.

머리, 목, 가슴팍에 구멍이 뻥뻥 뚫린 조각상들이 무너져

내리며 거대한 노도(怒濤)가 일어났다.

…콰쾅!

잔반은 물기둥들을 피해 달리던 끝에 한 병마용의 투구 위로 나뒹굴었다.

촤―악!

그런 잔반의 앞으로 물 밑에 있던 추이가 모습을 드러냈다.

방금 전, 수면 아래에서 창을 내뻗어 물기둥을 쏘아 보낸 것은 과거 패도회의 위사들과 호수 속에서 싸울 때 사용했던 수법이다.

추이는 피를 토하는 잔반을 내려다보며 말을 이었다.

"무가 앞서지 못했던 협은 네 아비고, 협이 뒤따르지 않는 무는 너구나."

"……!"

잔반이 순간 손을 뻗었다.

그는 월아산을 집어 들었고 그대로 추이를 향해 내리찍었다.

까―앙!

하지만 추이는 창을 비틀어 월아산의 궤도를 어긋나게 만들었고 그렇게 해서 생겨난 빈틈을 향해 창끝을 욱여넣었다.

"나는 너와 네 아비와는 다른 길을 갈 것이다."

무(武)와 협(俠). 무협(武俠).

그것이 바로 추이가 선택한 분야이자 갈래, 가시투성이의
고행길이었다.

"그딴 게 가능한 놈은 없어!"

잔반이 울화를 담아 창을 내질렀다.

구족멸문지화(九族滅門之禍)의 한.

그것은 감히 한 개인이 짊어질 수 있는 무게가 아니다.

그런 것이 깃들어 있는 잔반의 창은 당연히 무거울 수밖에
없었다.

하지만.

콰—직!

추이의 창은 잔반의 창보다 무거웠다.

그 끝에 실려 있는 것은 하란 땅에서 죽어 간 사씨들과 전
쟁터의 충신장들을 죄다 합친 것보다 훨씬 더 많은 목숨의
무게.

혈교(血敎)를 무너트리기 위한 복수자의 업보(業報)였다.

"……! ……! ……!"

잔반은 자신의 창이 밀려나는 것을 보며 눈을 크게 떴다.

하지만 이렇게 당할 수는 없는 일이다.

잔반은 필사적으로 월아산을 내리그었고 어떻게든 원래
궤도로 돌려놓기 위해 안간힘을 썼다.

이윽고, 추이의 창과 잔반의 창이 서로를 향해 쏘아졌다.

그 결과.

…번쩍!

잔반은 자신의 창이 추이의 어깨에 떨어지는 것을 보았다.

반면, 추이의 창은 잔반의 입술에 아슬아슬하게 닿을락 말락 한 거리에서 멈춰 버렸다.

'됐다.'

잔반은 승리를 확신했다.

자신의 창은 이미 추이의 어깨를 찌르는 것에 성공했다.

반면 추이의 창은 자신의 머리를 향해 꽂히기는 했으나 거리가 짧아서 입술을 살짝 콕 누르는 것에 그쳤다.

'끝이다!'

잔반은 그렇게 외치려 했다.

……하지만.

'?'

잔반은 이내 당황했다.

입이 떨어지지 않는다.

추이의 창끝이 살짝 닿아 있는 입술이 어째서인지 조금도 움직이지 않고 있었다.

'……뭐지?'

잔반은 의문을 품었다.

입술뿐만 아니라 몸 전체가 움직이지 않는다.

마치 강력한 주박에라도 걸린 듯, 사지 전체에서 이질감이 전해져 오고 있었다.

그와 동시에, 잔반은 보았다.

자. 신. 의. 눈. 앞. 에. 떠. 있. 는. 물. 방. 울. 들. 을.

그것들은 움직이지 않은 채, 그저 허공에 정지해 있는 듯 체공(滯空)하고 있었고, 아주 미미한 속도로, 조금씩 아래를 향해, 극단적으로 천천히 떨어져 내리고 있었다.

동시에.

꾸우우욱……

추이의 창끝이 아주 조금 더 무겁게, 입술을 누르며, 밀려 들어오듯, 점차 가까워지는 것이 느껴졌다.

그제야 잔반은 깨달았다.

지금 원래 속도로 흘러가고 있는 것은 자신의 의식뿐이며, 실제 육신이 머물러 있는 공간에서의 시간은 훨씬 더 느리게 흘러가고 있다는 것을.

그 말인즉슨.

꾸우우우우우욱……

지금 자신의 입술에 살포시, 따끔하게 닿아 있는 추이의 창끝은 여전히 이 궤도로 밀고 들어오고 있다는 뜻이다.

꾸우우우우우우우우욱……

아주 느리게, 천천히, 확실하게, 잔반의 입술을 누르고 들어오는 창끝은 어느덧 입술을 콕- 하고 뚫은 뒤 앞니를 딱- 하고 두드렸다.

그리고 이내.

번-쩍!

시간이 흐르는 속도가 원래대로 돌아왔다.

꾸우우우우욱……

추이의 창이 잔반의 입술을 누르고 들어가 이빨을 두드린다.

잔반은 입술에서 느껴지는 따끔함이 곧 찢어지는 듯한 통증으로, 나아가 뼈까지 짓누르는 육중한 무게감으로 변해 가는 것을 느꼈다.

필사적으로 고개를 옆으로 틀었으나 몸은 여전히 움직이지 않는다.

허공에 떠다니는 핏방울이 아직도 허공에 체류하고 있다.

그것은 느리게, 느리게, 느리게, 아주 느리게 비산하여 천천히 시야의 가장자리로 가라앉는다.

찰나(刹那)가 억겁(億劫)처럼 느껴지는 초감각.

이 또한 절정의 경지에 오른 이들이 마찰하며 빚어내는 기얽힘 현상의 일부일까?

꾸우우우우우우우욱……

창날은 계속해서 밀고 들어온다.

느리게 흘러가는 시간선 속에서 잔반이 할 수 있는 것은 아무것도 없었다.

……그러던 어느 순간.

느리게 흘러갔던 시간이 다시 원래의 속도로 돌아왔다.

"!"

잔반은 온 힘을 다해 목을 꺾었다.

목뼈가 부러지는 듯한 통증이 몰려들었지만 그딴 것을 생각할 겨를은 없다.

…우드득!

잔반의 고개가 대각선으로 확 젖혀지는 순간.

뿌지지지지지직!

추이의 창이 잔반의 얼굴을 스치고 직선 궤도로 뻗어 나간다.

턱뼈가 부러지고 살가죽이 찢어졌으며, 얼굴에는 끔찍할 정도로 깊은 창상(創傷)의 흔적이 새겨졌다.

"……! ……! ……!"

뜯겨 나간 살가죽 아래로 꽉 악 다물린 이빨.

핏발 선 잔반의 눈알이 순간 아래를 향해 획 돌아갔다.

"으—아아아아아아!"

괴물이 포효한다.

그것은 억눌려 있던 분노와 울화, 핏방울을 한숨에 토해 놓으며 월아산을 당겨 잡는다.

부—우우웅!

월아산의 반대쪽, 초승달 형태의 창날이 추이를 향해 내려 찍혔다.

그러나.

"……."

이런 개싸움은 추이 쪽이 한 수 위였다.

잔반은 고개를 들자마자 쏜살같이 날아드는 주먹의 그림자를 마주했다.

"어?"

미처 의문을 표할 새도 없었다.

뻐—억!

추이의 주먹이 잔반의 안면 정중앙을 후려갈겼다.

부러진 이빨에 잇몸의 살점이 붙어 나온다.

"커헉!?"

잔반은 휘청거리며 뒤로 물러섰다.

그곳에는 격렬한 물결이 휘몰아치고 있었다.

그때.

…터억!

추이의 손이 뻗어 나와 잔반의 멱살을 잡아챘다.

이윽고, 또다시 주먹세례가 시작되었다.

뻑! 뻐억! 뻑! 뻑! 뻐억! 뻑! 픽! 뻑! 뻑! 뻐억! 빠—각!

잔반의 얼굴은 순식간에 피투성이가 되었다.

"끄…… 으으…… 그으윽…… 으……."

목에서 부글부글 뿜어져 나오는 피거품 때문에 목소리도 나오지 않는다.

…떵그렁!

월아산이 병마용의 투구 위로 떨어져 내렸다.

잔반은 추이의 손에 잡힌 채 축 늘어져 버렸다.

바로 그때.

"죽여! 바로 죽여 버려!"

"지금입니다! 추이 님! 끝장내 버리세요!"

위에서 견술과 서세치가 소리지리는 것이 들려왔다.

그러자 사자위와 식인제할의 반응이 곧바로 이어졌다.

"안 돼! 그만둬라!"

"죽여 버리겠어! 이 전우 놈!"

그들은 활을 내팽개치고 곧바로 병마용의 창끝을 향해 뛰어내렸다.

견술과 서세치 역시도 용감하게 추이를 따라 내려온다.

하지만 그들은 아직 짐주의 영향을 받고 있었기 때문에 높은 절벽을 상처 하나 없이 타고 내려올 수 있을 정도로 경공술을 회복하지 못한 상태였다.

…풍덩! …풍덩! …풍덩! …풍덩!

견술도, 서세치도, 사자위도, 식인제할도, 그 누구도 이곳까지 오지 못한다.

오직 추이와 잔반만이 서로를 마주 보고 있을 뿐이었다.

"죽……."

잔반이 입술을 뻐끔거렸다.

"죽…… 여……."

삐뚤어진 미소와 핏발 선 시선이 추이를 향한다.

하지만.

"안 죽인다."

추이는 고개를 천천히 가로저었다.

"잘못된 길로 가려고 하는 전우를 바로잡았을 뿐."

"킥…… 수라의…… 길…… 같은 거냐……?"

잔반은 추이의 말에 코웃음을 쳤다.

같잖은 훈계 따위는 듣지 않겠다는 태도.

하지만 추이는 이번에도 고개를 저었다.

"수라의 길이나 인외의 길 같은 것을 말하는 것이 아니다. 내가 말하는 '잘못된 길'이라는 것은…….."

이윽고, 추이가 잔반의 눈을 똑바로 마주한다.

"'쉬운 길'이다."

"……!"

잔반이 입을 뻐끔거렸다.

그는 온몸을 비틀어 마지막 힘을 짜낸다.

"쉬, 쉬운 길!? 내가 걷는 길이 쉬운 기, 길이라고!? 헛소리!"

"쉬운 길이다. 힘으로 다 쓸어버리겠다는 것 아니냐. 적어도 네 아비가 걸어가려 했던 길보다는 훨씬 더 쉬운 길이지."

"…….."

잔반이 입을 다물었다.

추이는 그런 잔반을 병마용의 창끝에 패대기쳤다.

"쉽게 쉽게 가려 한 길의 끝에는 변변찮은 것들뿐이다."

"……."

"사내라면. 구족멸(九族滅)의 원한을 짊어지고 있는 생존자라면, 그런 변변찮은 곳에서 그치면 안 되지."

그러자 잔반이 이빨을 드러냈다.

으득—

그는 시뻘겋게 충혈된 눈으로 추이를 노려보았다.

"그래서. 나보고 뭘 어쩌라는 거냐? 말하고 싶은 것이 뭐야?"

"이미 다 했다."

추이는 잔반의 목에 창날을 늘어트렸다.

"그렇게 시시한 놈으로 살다 죽을 것이라면 차라리 지금 내 손에 죽어라. 네 아비도 그 편이 낫다고 생각할 것이다."

"이 새끼가……."

하지만 잔반의 동공은 아까부터 계속 흔들리고 있었다.

추이는 그런 잔반의 목에 창날을 댄 채 아무런 미동도 없이 서 있을 뿐이다.

……바로 그때. 이변이 벌어졌다.

휘—이이이이이잉!

위에서 별안간 뜨거운 바람이 불어오기 시작했다.

그리고 이내.

"……!"

추이는 정수리를 향해 떨어져 내리는 그림자를 감지했다.

콰―쾅!

검은 옷을 입은 남자 하나가 손에 든 쇳덩이를 내리그었다.

날카로운 검풍이 일어나 병마용의 거대한 투구를 반으로 쪼개 버렸다.

추이는 잔반의 멱살을 잡고 있던 손을 놓고는 저 멀리 물러났다.

그 틈에 흑의인은 널브러져 있는 잔반을 품에 안아 들었다.

…틱!

언제 휘둘렀을까, 추이의 창날에 스친 흑의인의 복면이 잘려 나간다.

이윽고, 습격자의 얼굴이 훤히 드러났다.

하얀 피부에 큰 눈, 길고 두꺼운 속눈썹과 여리여리한 목선.

손으로 닭 한 마리 못 잡을 것처럼 곱고 유순하게 생긴 얼굴.

하지만 찢어진 피풍의 속에서 드러난, 목부터 가슴께까지 찢어져 있는 넓은 흉터 자국이 꽤나 흉측하다.

"……."

사내의 얼굴을 본 추이의 눈썹이 까닥 움직였다.

저 멀리서 헤엄쳐 오고 있던 견술이 별안간 두 눈을 부릅떴다.

"어헉!? 배, 백면서생!"

그 말대로였다.

백면서생.

남자인지 여자인지 성별을 특정할 수 없는 괴인.

동창의 중정(中情) 소속이며 알 수 없는 목적으로 등천학관을 감시하고 있던 수상한 고수.

그가 어찌 된 영문인지 하란사가의 마지막 생존자인 잔반을 보호하고 있는 것이다.

"……이쯤 하시지요."

백면서생이 파리해진 안색으로 식은땀을 흘리며 말했다.

그는 이곳까지 내려오는 내내 무진 고생을 해 왔던 듯하다.

추이는 무표정한 얼굴로 창을 들어 올렸다.

"죽고 싶지 않으면 내려놔라, 환관. ……아니, 아니다. 그냥 그대로 들고 있어라. 쳐 죽여 주마."

"무슨 생각을 하고 계시는지 압니다. 하지만 오해입니다. 저는 사비 도련님을 해칠 생각이 없습니다."

"……?"

백면서생의 말에 추이가 대놓고 인상을 찌푸렸다.

추이는 백면서생과 마지막으로 나누었던 대화를 떠올렸다.

오독교주 당예짐이 등천학관에서 혈겁을 일으켰을 때, 추이는 알 수 없는 이유로 등천학관의 생도들을 구하려 노력하던 백면서생의 대가리를 망치로 마구 구타했던 적이 있었다.

그때 백면서생이 했던 말이 있다.

'손! 손을 잡읍시다!'

'우리는 오래전부터 혈교의 동향을 경계해 오고 있었소! 정확하게는 장강수로채의 인백정이 사망한 뒤부터지. 한데 그대를 감시한 결과, 그대는 오히려 혈교와 대립각을 세우고 있더군.'

'내가 알아본 바에 의하면 우리는 척을 질 사이가 아니외다. 여기서 이럴 게 아니라 빨리 이 사태부터 수습하는 것이 우선이 아니겠소? 생도들이 다 죽게 놔둘 셈이오?'

처음 만났을 때와 비교해서 훨씬 더 정중해진 말투.

그리고 지금, 백면서생은 추이에게 극존칭을 써 가며 애걸하고 있었다.

"부탁드립니다. 이분을 살리게 해 주십시오. 여기서 돌아가셔도 될 분이 아닙니다."

"너는 동창의 환관 놈이 아니냐. 왜 하란사가의 핏줄을 데려가려는 것이지?"

"······동창이라고 해서 모든 이들이 썩어 있는 것은 아닙니다. 사거 장군님이 억울하게 극형을 받으셨을 때 피눈물을 흘리며 이를 갈았던 환관들도 있습니다."

"거짓말하지 마라. 할 줄 아는 것이라고는 국고를 횡령하거나 충신을 모함하는 것밖에 없는 환관들이 그럴 리가 없다."

"그럼 당신의 눈앞에 있는 저는 무엇입니까? 목숨을 걸고 하란사가의 마지막 생존자를 살리려 하는 저는?"

"모르지. 그래서 알아볼 생각이다. 죽인 다음에 말이야."

"······?"

백면서생은 추이의 무미건조한 표정을 앞두고 오싹한 공포를 느꼈다.

바로 그때.

···콰콰콰쾅!

천장의 일부가 무너져 내리기 시작했다.

콸콸콸콸콸콸콸콸콸콸!

지상에서부터 발원하는 것 같은 엄청난 양의 오수(汚水)가 밀려 들어오기 시작했다.

백면서생은 다급하게 움직였으나 추이의 창이 다시 한번 그 앞을 가로막았다.

백면서생은 철부채를 꺼내려다 말고 멈칫했다.

지금 싸워 봤자 시간만 잡아먹힐 뿐이다.

추이의 창이 얼마나 무서운지는 이미 잘 알고 있지 않은가.

결국 백면서생은 다시 읍소했다.

"부탁입니다, 대협! 등천학관에서의 연을 생각하시어 자비를 베풀어 주십시오!"

"나를 아나?"

"등천학관에서 서문경이라는 이름으로 활동하시는 것도 알고 있습니다."

"……."

과연 동창의 정보력이다.

추이는 쏟아져 들어오는 밀물을 보며 잠시 고민했다.

그리고 이내.

"……알겠다. 가라."

결정을 내렸다.

애초부터 잔반을 죽일 생각이 없었기에 가능한 판단이었다.

백면서생은 다급한 와중에도 포권을 취해 보인다.

"오늘의 자비는 반드시 기억하겠습니다. 한 가지를 확실히 약속드리자면, 저희들이 혈교와 손잡는 일은 결코 없을 것입니다. 그리고."

"……?"

돌아서려던 추이가 한쪽 눈썹을 까닥 움직였다.

백면서생은 잔반을 안은 자세로 옅게 웃었다.

"조만간 등천학관으로 한번 찾아뵙겠습니다."

"……."

추이는 별다른 대답을 하지 않았다.

그때.

뻐끔—

백면서생의 품에 안겨 있던 잔반이 고개를 들었다.

그는 입술만을 간신히 움직여 추이를 향해 뜻을 전해 보였다.

'다음에 만나면 죽인다. 전우여.'

그 말에 추이는 반사적으로 창을 내지를 뻔했으나.

'홍공…… 이랬나?'

이어지는 잔반의 입술 모양에 추이는 다시 창을 내려놓았다.

'그 늙은이도 쳐 죽인다.'

추이의 입꼬리가 희미하게나마 올라갔다.

이윽고. 백면서생과 잔반은 추이의 시야에서 사라졌다.

헤엄쳐 오고 있었던 사자위와 식인제할 역시도 마찬가지였다.

"……우리도 가지."

추이의 말에 겨우겨우 헤엄쳐 온 견술과 서세치가 파리해진 안색으로 몸을 떤다.

콸콸콸콸! 쿠르릉! 콰쾅!

서서히 무너져 내리고 있는 토법고로.

그곳을 뒤로한 채, 추이는 생각했다.

'원래 운명에서는 홍공과 손잡았던 사비, 그 둘의 사이를 갈라놓았으니 됐다.'

회귀 전의 홍공은 토법고로와 손을 잡고 든든한 우군을 얻었었다.

하지만 현재 시간선의 홍공은 토법고로를 적으로 돌렸을 뿐만 아니라 오른쪽 눈알과 오른쪽 팔까지 잃어버렸다.

여러모로 이득 보는 행보를 한 추이는 가슴속에 묵었던 한을 일부나마 털어 낼 수 있었다.

'앞으로는 혈교와의 싸움이 더욱 본격적이 되리라.'

맛이 간 홍공은 예전처럼 몸을 사리지 않을 것이다.

추이가 지금껏 걸어왔던 가시밭길은 이제 칼날의 외줄다리로 변하게 될 공산이 컸다.

……하지만. 그럼에도 불구하고 추이는 앞으로 한 발을 내디딘다.

"돌아간다. 원래 있던 곳으로."

여느 때와 같이, 무표정한 얼굴로.

여난(女難)

세상을 어지럽히는 것은 유자(儒者)와 협자(俠者)다.

-한비자-

"세상에!"

등천학관의 관사를 관리하는 영아가 호들갑을 떤다.

"서문 부교관님! 대체 어디서 이렇게 다치신 거예요! 평소에는 거의 다치지도 않으시는 분이!"

그녀는 오라비를 챙기는 여동생처럼 추이를 보살핀다.

"……"

추이는 드물게도 침상에 누워 요양하고 있었다.

홍공과 싸운 뒤 곧바로 잔반과 싸운 여파가 아직 가시지 않았다.

두 번의 잇따른 전투.

이로 인한 정신적 피로는 마치 오랜 여독(旅毒)처럼 남아 뼛골 깊숙이 시려 오고 있는 것이다.

영아는 죽을 날라 오고 차가운 물수건을 추이의 머리 위에 올려놓는 등 지극정성으로 보필했다.

그런 영아를 보며 추이는 아주 잠깐, 회귀하기 전의 과거를 회상했다.

'내게도 저런 동생들이 있었지.'

지금은 생이별한 지 너무 오래되어 잘 기억나지도 않는 동생들.

회귀한 시점이 동생들을 잃어버린 뒤였기에 다시 만날 수도 없었다.

하지만 어렴풋한 기억 속에는 분명히 동생들의 얼굴이 존재한다.

남동생 한 명, 여동생 한 명, 둘은 참 귀여운 쌍둥이였다.

매일같이 숲속을 뛰어놀며 여지(荔枝)를 따 먹으러 다니던 기억이 얼룩처럼 흐릿하게 남아 있었다.

'……살아는 있으려나 모르겠군.'

만약 살아 있었다면 열서너 살, 딱 영아의 나이 정도 되었을 것이다.

이윽고, 추이는 두 눈을 감았다.

'지금은 감성에 취할 때가 아니다.'

오랜만에 휴식이기는 하나 마음만은 가시나무 침대에 오른 듯 불편하다.

이것이 폭풍 직전의 고요라는 사실을 잘 알고 있기 때문이다.

추이는 영아가 방 청소를 하는 동안 명상에 잠겼다.

일단 견술과 서세치는 등천학관에서 가까운 곳에서 대기하라고 일러두었다.

견술은 강줄기 위의 모든 정보들이 모여드는 장강수로채와의 연락통이다.

앞으로 쓸 일이 많은 사냥개이기도 했다.

서세치에게는 잔반 수색을 시켰다.

잔반은 아마 북망산 어딘가에서 새로운 무덤을 파서 또다시 도박장을 열고 있을 것이 분명했다.

츠츠츠츠……

뒤통수에서 머리카락들이 뱀처럼 꿈틀거린다.

그것은 머리카락처럼 보이지만 기실 나락설태가 의태한 것이었다.

[삐뿌삐……]

이번에 토법고로를 무너트리며 힘을 많이 소진한 나락설

태는 다시 쪼그라들어 본래의 모습으로 되돌아갔다.

'……'

추이는 내력을 운용했다.

육혼의 제이 층계에 오르며 많은 것들이 달라졌다.

우선 내력이 눈에 띄게 증가했고 피의 독성도 강해졌다.

현재 추이의 피에 녹아들어 있는 혈독(血毒)은 이제 비단 무림인이 아닌 일반인들에게도 피해를 줄 수 있을 정도였다.

추이는 내상과 외상이 완전히 회복될 때까지 휴직계를 냈다.

그동안에는 계속해서 침상에 누워 운기조식을 하는 한편 심상뇌옥 속의 창귀들과 비무를 벌일 생각이었다.

ㅊㅊㅊㅊㅊㅊㅊㅊㅊ……

어둡고 뒤틀린 마음속의 숲.

그곳에 시뻘건 창귀들이 일렁거린다.

심상비무를 시작한 추이는 매화귀창을 들고 숲속으로 들어갔다.

키잉……

숲속에서 일제히 걸어 나오는 절정급 창귀들의 모습도 이제는 꽤 익숙하다.

추이는 언제나처럼 창 한 자루를 치켜들었다.

매화검수 백비.

추이는 그가 이십사수 매화검법의 마지막 초식인 매화만

리향(梅花萬里香)을 펼치기까지 기다렸다.

퍼퍼퍼퍼퍽!

온 세상 천지에 흩날리는 매화잎을 모조리 찢어발긴 추이의 창은 그대로 백비의 목을 베어 냈다.

그다음은 인백정 가정맹과 북궁원로 남궁팽생의 합공이다.

기형적으로 휘어진 만곡도를 든 인백정과 정석적인 검술의 표본인 남궁팽생의 합공은 정(定)과 사(私)가 어우러져 기묘한 궁합을 보여 주고 있었다.

추이는 그동안의 수많은 실험으로 인해 이미 이들의 약점을 낱낱이 꿰고 있었다.

'……인백정의 사자박토보는 견술의 것만 못하고, 남궁팽생의 제왕검형은 남궁천의 발끝도 못 따라간다.'

이미 수없이 경험해 본 데다가 상위호환의 관계에 있는 인물들하고도 싸워 봤다.

이기지 못할 이유가 없었다.

퍼퍽! 우드득!

추이는 인백정의 허리를 깍뚝 잘라 버린 뒤 연이어 남궁팽생의 두개골을 꿰뚫어 부숴 버렸다.

다음은 거력패도 도막생과 호북제일도 도좌철 부자다.

한때 초절정의 경지에 잠깐 올라설 뻔했던 도막생, 그리고 호북에서 제일가는 칼잡이 소리를 듣던 도좌철.

둘의 합공은 무시무시했다.

곤귀 구강룡과 창마 구강호의 합격술에 버금갈 정도로 굉장한 연격이 이어졌다.

'……'

연신 뒤로 물러나는 추이의 뺨과 목, 손발에 옅은 혈선들이 그어진다.

도막생은 힘과 체력, 도좌철은 기술과 속도.

서로 극명하게 갈리는 장단점들이 합공으로 인해 부가 효과를 내기 시작한다.

단점은 사라지고 장점은 더더욱 배가되어 추이를 옥죄여 왔다.

그러나 이 또한 수없이 거쳐 온 과정이다.

추이는 패도회의 무공을 이미 진신절기까지 모두 파악, 분석과 연구를 마친 상태였다.

키리리릭! 콰직!

추이는 도막생과 도좌철을 깊은 숲속으로 유인했고 막다른 벽이 나타나는 순간 회마창의 초식을 사용했다.

창대에서 뻗어 나온 창날은 눈 깜짝할 사이에 도막생과 도좌철의 목을 잘라 버렸다.

그때.

ㅊㅊㅊㅊㅊㅊ……

전신에 오한이 끼쳐 온다.

추이가 고개를 든 곳에는 북궁설의 창귀가 서 있었다.

이윽고, 북궁설이 올라가 있던 나뭇가지를 박차고 허공으로 솟구쳤다.

소수마공. 하얗게 빛나는 장법이 지면을 향해 도장처럼 쾅쾅 내리찍힌다.

'이때의 경험이 홍공을 상대할 때 많은 도움이 됐다.'

장법의 고수와 수만 번의 생사결을 벌여 본 경험이 있어서 살 수 있었다.

만약 북궁설과의 비무 경험이 없었다면 홍공의 혈마대수인을 막아 내지 못했으리라.

쩌-억!

추이는 허공으로 날아드는 손바닥 모양의 수강(手罡)들을 창으로 베어 낸 뒤 그대로 북궁설의 정수리를 사타구니까지 양단해 버렸다.

후두둑……

북궁설의 창귀가 쓰러진 뒤 불길로 화해 사라졌다.

추이는 이 단계까지 오는 동안 거의 내력 소모를 하지 않았으며 치명상도 없었다.

그리고 그 모든 것은 지금부터 벌어지는 생사결을 위한 안배이기도 했다.

저벅- 저벅- 저벅-

어둠 저편에서 두 마리의 창귀가 걸어온다.

일척도건곤의 곤귀 구강룡.

벽사십일창의 창마 구강호.

그 둘은 일대종사급 무공인 혼원일기극을 사용하여 추이를 압박해 온다.

추이는 몇 번이고 이들과 싸우며 혼원일기극을 혼자서도 사용할 수 있도록 완벽하게 익힌 바 있었다.

퍼퍼퍼퍼펑!

창강(槍罡)과 창루(槍淚)의 파편들이 사방팔방으로 비산한다.

추이의 몸에 점점 상처가 늘어 가기 시작했다.

여기서부터는 지름길이 없다.

차츰차츰 뼈와 살을 깎아 내며, 그렇게 꿋꿋하게 전진하는 수밖에 없는 것이다.

혼원일기극이라는 것은 그만큼 대단한 무공이었다.

어느덧, 추이의 한쪽 귀가 잘려 나가고 허벅다리의 살이 한 움큼이나 떨어져 나갔을 무렵.

…퍼퍽! 퍽!

수세에 몰린 곤귀와 창마는 결국 추이의 창끝에 목이 달아나고 말았다.

'전보다 훨씬 더 수월하게 잡았군.'

추이는 잘려 나간 귀과 허벅지를 한번 더듬어 보았다.

심상뇌옥의 전투라고 해서 고통까지 없애 주는 것은 아니었다.

고통은 정말 현실 세계의 고통과 똑같다.

심여공화사(心如工畵師), 능화제세간(能畵諸世間), 오온실종생(五蘊實從生), 무법이부조(無法而不造).

마음은 화가와 같아서 능히 모든 세상을 그려 내나니.

색(色), 수(受), 상(相), 행(行), 식(識)의 오온(五蘊)이 실로 마음 따라 생기어 만들지 못하는 것이 없다.

'……모든 것은 마음에 그리는 대로 된다.'

추이는 붓을 들어 일필휘지로 한 폭의 그림을 그려 내듯, 그렇게 창을 움직였다.

그 앞에는 추이가 흡수했던 모든 창귀들 중 두 번째로 강한 창귀가 서 있었다.

오독교주 당예짐.

그녀가 흩뿌려 내는 구백구십구 개의 독전과 최후에 이르러 감행하는 자폭 공격은 지금껏 추이가 시도했던 수백, 수천, 수만 번의 도전에서도 한 번도 극복해 내지 못한 것이었다.

……그러나 이번에는 다르다.

추이는 창을 들고 당예짐을 바라보았다.

'와라.'

'…….'

당예짐은 여전히 웃는 얼굴이다.

이윽고, 그녀는 곧바로 자신이 사용할 수 있는 최강의 절기를 선보였다.

구백구십구환살.

시야를 온통 까맣게 채우는 독암기가 추이를 향해 내리꽂힌다.

추이는 그것을 피하지 않고 정면으로 맞섰다.

콰—가가가가가각!

혼원일기극.

방금 전까지 곤귀와 창마를 상대로 사용했던 창술이 독안개의 빗속에서 한 줄기의 길을 만들어 낸다.

추이는 곧바로 당예짐의 얼굴을 마주할 수 있었다.

바로 그 시점에서.

…후욱!

당예짐은 공수 교환의 복잡한 과정들을 모조리 생략한 채, 곧바로 자폭을 준비했다.

그녀의 체내에 축적되어 있던 수많은 독들이 한꺼번에 뒤섞이며 연쇄작용을 일으켰고, 이내 곧 격렬하게 끓어오른다.

규모를 측정할 수 없을 정도의 독기가 혈관을 찢고, 근육과 내장과 뼈를 찢고, 마지막으로 살가죽을 찢으며 터져 나왔다.

번—쩍!

당예짐을 중심으로 거대한 녹빛의 섬광이 폭발했다.

그리고 추이는 이에 저항하는 수단으로 정공법을 택했다.

…화악!

추이의 왼쪽 손바닥에서 거대한 암흑의 기류가 터져 나왔다.

나락노야의 나찰장.

그것은 당예짐의 자폭공을 막아 내며 폭발의 기류를 버텨 내고 있었다.

내력과 내력의 싸움.

팽팽한 힘겨루기.

그리고 이내 곧 결과가 나왔다.

'…….'

추이는 살아남았다.

왼쪽 손이 손목까지 까맣게 타들어간 채로.

파스스스……

잿가루가 된 왼손이 검게 바스라져 내린다.

손가락 끝부터 시작해서 손목까지 검은 모래로 변해 흩어졌다.

'장족의 발전이로군.'

추이는 왼손이 소멸되었음에도 불구하고 만족스러운 기색이었다.

그도 그럴 것이, 추이는 육혼의 일 층계에 머물러 있는 동안 단 한 번도 당예짐의 자폭공에서 살아남았던 적이 없었다.

하지만 육혼의 이 층계에 오르자 당예짐의 자폭공을 감당해 낼 수 있게 되었다.

비록 사지가 멀쩡하진 못하겠지만 말이다.

그때.

추이의 앞으로 마지막 창귀가 모습을 드러낸다.

천하삼대살수(天下三代殺手).

무려 세 번의 세대에 걸쳐 천하제일이라 불렸던 살수가 추이를 마주한다.

나락노야.

그는 끌끌 웃으며 추이를 바라보고 있었다.

추이는 타다 만 왼팔을 들어 창대를 받쳤다.

그리고 이내 최후의 생사결을 향해 한 발을 내디뎠다.

*

"……역시 안 되는군."

추이는 정확히 서른세 번째의 심상비무를 끝마치고 눈을 떴다.

당예짐의 자폭은 어느 정도 버텨 낼 수 있게 되었으나 나락노야에게는 역시 무리다.

추이는 나락노야에게 목이 잘린 끝에 심상비무를 종료했다.

몸이 완전히 다 회복된 후 몇 번이나 반복했으나 결과는 계속 똑같았다.

'나락노야에게 이 정도로 고전해서야 홍공을 맞상대하는 것은 어림도 없겠다.'

나락노야의 무위는 아마 홍공의 반 수 아래일 것이다.

토법고로에서는 온갖 종류의 함정과 덫, 기관진식들을 이용했고 때마침 일어난 불가사의한 환각이 홍공에게 심마를 일으켰기에 절반의 승리를 거둘 수 있었다.

'……그렇게 절대적으로 유리한 환경에서도 절반이었군. 아쉬운 일이야.'

추이는 작게 한숨을 쉬었다.

그래도 홍공의 오른쪽 눈알과 오른쪽 팔을 없애 버렸으니 소기의 목적은 이룬 셈.

지나간 일보다는 앞으로 다가올 일이 중요하니만큼, 추이는 더 이상 과거에 연연하지 않기로 했다.

바로 그 순간.

"서문 부교관님!"

영아가 문밖에서 외치는 소리가 들려왔다.

"생도 한 명이 면담 신청을 하고 있는데요! 관사 안으로 들여보내도 될까요?"

"……?"

추이는 고개를 갸웃했다.

자신을 찾아올 사람이 딱히 없었기 때문이다.

"들어오라고 해라."

추이는 짧게 대답했다.

이윽고, 문이 열리며 한 명의 생도가 쭈뼛거리는 걸음걸이로 들어왔다.

"아, 안녕하세요 부교관님."

사마여리. 그녀가 추이를 바라보며 어색하게 미소 짓고 있었다.

순간, 추이는 그녀를 향해 송곳을 휘두를 뻔했다.

악뇌(惡腦).

회귀 전의 사마여리는 홍공의 최측근이자 심복 중의 심복, 전 무림에 무시무시한 피해를 끼친 대마두였기 때문이다.

……하지만 지금의 사마여리는 다르다.

그녀의 두 손에는 큼지막한 과일 바구니가 들려 있었다.

"여지(荔枝)가 싱싱해 보여서 좀 가져왔어요. 와병 중이시라고 들어서……."

"고맙다."

추이는 고개를 끄덕였다.

사마여리는 우물쭈물 말을 이었다.

"사실 걱정이 되어서 찾아뵙고 싶었던 것도 있지만, 상담 드리고 싶은 고민이 있어서 온 것이기도 해요……."

"그렇군."

추이는 이번에도 고개를 끄덕였다.

사마여리가 나쁜 길로 빠지지 않도록 최선을 다해 교정해 줄 필요가 있다.

그것이 곧 홍공에게는 치명적인 악재가 될 것이다.

드르륵–

추이는 침상 옆에 있는 의자 하나를 뒤로 뺐다.

그리고 여느 때와 다름없는 무미건조한 목소리로 말을 이었다.

"앉아라."

낭랑 십팔 세의 꽃다운 처자에게 팔자에도 없는 고민 상담을 해 주게 생겼다.

※

사마여리.

그녀는 아침부터 안절부절못하고 있었다.

"환자에게 뭐가 좋지? 죽을 만들어 갈까? 아니야, 식사는 시비들이 있으니까. 그럼 뭘 준비해야 하지……."

사마여리의 머릿속에는 오직 한 사람의 생각만이 어른거린다.

서문경 부교관.

등천학관에 적응하지 못하고 있던 자신을 구해 주었던 은인.

그가 있었기에 사마여리는 학업을 도중에 포기하는 일 없이 훌륭히 적응할 수 있었다.

그렇기에 현재는 주작관을 대표하는 우등생으로 손꼽힐 수 있었고 말이다.

그때.

"아침부터 뭐가 그렇게 바빠?"

막 기숙사에서 나오고 있던 사마여리를 누군가가 불러 세웠다.

도봉(刀鳳) 팽어린(彭魚鱗).

하북팽가(河北彭家)의 무남독녀 외동딸로 남궁율과 함께 청룡관에서 가장 주목받는 생도였다.

하지만 그녀는 청룡관의 차석이라거나 도산의 수장이라는 것보다는 도왕(刀王)의 손녀로 훨씬 더 유명했다.

검왕(劍王)의 손녀인 검화(劍花) 남궁율이 청룡관의 수석으로서 검림(劍林)을 이끈다면.

도왕(刀王)의 손녀인 도봉(刀鳳) 팽어린은 청룡관의 차석으로서 도산(刀山)을 이끈다.

사마여리는 속으로 생각했다.

'기척을 느낄 수가 없었어. 대단하다.'

하북팽가의 무인들은 하나같이 기세를 감추는 데 능숙하다.

더 정확히 말하자면, 기세를 발산하는 것에 익숙하다 보니 기세를 감추는 것에도 능하다.

사마여리의 속마음을 읽기라도 한 듯, 팽어린은 씩 웃었다.

"내가 원래 존재감이 좀 없어. 살수(殺手)로 나갔으면 대성했을지도?"

말괄량이 같은 외모의 미인이 면전에서 씩씩하게 웃는데 마주 웃지 않기란 힘든 일이다.

사마여리가 어색하게 웃자 팽어린이 그 옆으로 따라붙었다.

"정말 신기해."

"응?"

"주작관의 평균치를 홀로 이끌다시피 하는 천재도 사랑을 하는구나."

"어어!?"

사마여리가 당황하여 손을 저었다.

"무, 무슨 소리야 그게!"

"어? 아니야? 숨겨 놓은 정인(情人)을 만나러 가는 표정이 었는데? 육유(陸游)를 찾아가는 당완(唐琬)의 표정 같았다고."

"그런 거 아니야! 나는 그냥 은사님 병문안을 가는 거라고!"

"……은사?"

사마여리의 대답을 들은 팽어린의 표정에 호기심이 떠올

랐다.

'으음. 주작관의 '지낭(智囊)'이라 불리는 사마여리가 은사로 여기어 모실 정도면 필시 대단한 인물일 터.'

그녀는 턱을 쓸며 물었다.

"혹시 현무후(玄武后)님이야? 그분이라면 나도 인정…….."

"아니. 서문경 부교관님인데?"

"누구?"

팽어린은 고개를 갸웃했다.

서문경. 서문경. 서문경.

들도 보도 못한 이름이다.

애초에 교관이 아니라 부교관이라고 하지 않은가.

팽어린은 교관급이 담당하고 있는 수업이 아니면 듣지 않았기에 서문경이라는 이름에 대해 몰랐다.

'흐음…… 부교관이라. 그렇다면 실력 때문에 은사로 모시는 것은 아닐 것이고. 그냥 같은 주작관 소속이라서 생긴 정인가? 아니면 외모?'

팽어린은 눈앞에 있는 사마여리를 빤히 바라보았다.

평소 무표정하던 그녀의 얼굴에는 옅은 홍조가 어려 있다.

'저건 필시 연심을 품고 있다는 뜻인데…… 공부만 파던 지낭이 누군가를 좋아한다라…… 흐음. 서문경…… 서문경 부교관이라…… 잘생긴 사람인가? 하긴, 남자는 얼굴이 다지 솔직히.'

팽어린은 무언가를 골똘히 생각하던 끝에 고개를 끄덕였다.

'뭐, 잘됐으면 좋겠다!'

사실 그녀 역시도 방심(芳心)을 가진 꽃다운 처자인지라 그리 복잡한 생각은 하지 않았다.

다만.

'그래도 서문경 부교관이라는 사람에 대해서는 조금 궁금해지는데? 어떤 사람이지? 한번 알아볼까.'

약간의 호기심이 드는 것 정도는 어쩔 수 없는 일이었다.

*　*　*

이윽고. 사마여리는 추이의 옆에 앉았다.

사마여리는 살짝 눈치를 보며 말했다.

"여지. 좋아하세요?"

"……어렸을 적에 자주 먹었다."

과거의 생각이라도 하고 있는 것일까?

무의식적으로 여지를 까먹고 있던 추이가 짤막하게 대답했다.

사마여리는 문득 추이의 새끼손가락에 주목했다.

"서문 부교관님은 여지를 특이하게 드시네요. 새끼손가락 손톱으로 껍질을 벗기시나요?"

"……."

"손톱이 여지 색깔로 물들었어요. 봉숭아 물들이신 것처럼."

"……."

추이는 짤막하게 물었다.

"상담하고 싶은 고민이 뭐냐."

"그, 그게……."

말문이 턱 막힌다.

사실 그런 것은 없었다.

사마여리는 그저 서문경의 얼굴을 보고 싶었던 것이다.

목소리를 들으면 안심이 되고 눈으로 좇고 있노라면 절로 가슴이 뛴다.

그가 예전처럼 자신에게 말을 걸어 주었으면 좋겠다.

오직 그 바람 하나만 가슴속에 품고 있었던 터라 새삼 고민 상담을 하려 하니 말할 것이 없었다.

결국, 사마여리는 요즘 고민하고 있었던 무리(武理)에 대한 고민을 꺼냈다.

"저…… 다름이 아니고."

이 문제는 비단 서문경뿐만이 아니라 다른 수많은 교관들에게도 질문했던 것이다.

하지만 그 누구도 사마여리를 납득시킬 만한 대답을 해 주지 못했다.

오히려 이런 질문을 하는 사마여리를 이상하다는 듯한 시선으로 쳐다보았을 뿐.

"모르는 무공에 대처하는 법이 알고 싶어요."

사마여리는 자신이 질문을 하면서도 멋쩍다는 듯 배시시 웃었다.

"그러니까. 저는 모르는 무공을 맞닥트렸을 때 당황해서 얼어 버리거든요. 상대가 무엇을 품고 있는지, 무엇을 생각하고 있는지, 생각하다 보면 머리가 어지러워져서 토할 것 같아요. 특히나 상대가 무시무시한 마공이라도 사용한다고 가정하면……."

"……."

추이는 턱을 짚었다.

강호행을 하다 보면 수많은 적들을 만나게 된다.

그들 중 자신이 아는 무공을 사용하는 이들은 일 푼도 되지 않는다.

그야말로 극소수.

나머지는 전부 다 모르는 무공을 사용하는 것이다.

사마여리가 제아무리 천재로 불린다 한들, 그것은 등천학관의 주작관에서나 통용되는 말일 뿐.

실제 강호로 나가면 사마여리의 재능은 반쪽짜리에 불과할 것이다.

'원래 이 시기의 사마여리는 등천학관에서 내쫓겨 야생으

로 내몰린다. 필시 그 과정에서 세상을 알고, 실전 경험을 쌓고, 마음에 증오심을 배태하게 되었을 터.'

그렇다면 바뀐 운명의 사마여리에게 간접적으로나마 가르침을 줄 필요가 있다.

추이는 목소리를 낮추어 말했다.

"무서운 사람을 본 적이 있나?"

"네?"

사마여리는 어리둥절한 표정으로 물었다.

추이가 말을 계속했다.

"가령 네 옆집에 거구의 남자가 이사를 왔다고 가정해 보지. 그는 전신에 문신이 있고, 매일 허리춤에 칼을 차고 다니며, 항상 옷에 피가 묻어 있다. 이런 남자를 어두운 길거리에서 마주치면 무서울 것 같나?"

"……무서울 것 같아요."

사마여리는 고개를 끄덕였다.

곧이어 추이가 말을 이었다.

"하지만 시간이 흘러, 너는 그 남자의 이름을 알게 되었다. 그의 이름은 위호. 위씨 가문의 셋째 아들이고 돌아가신 부모님의 묘소를 관리하러 이번에 이사를 왔지. 일하는 곳은 도축장. 그는 소를 잡을 때 항상 미안하다며 말하고 우는, 의외로 여린 성정을 가졌어. 집에 와서는 피곤하지만 일부러 시간을 내어 동네 아이들과 놀아 주기도 하는 자상한 남자다. 저번 홍수에는 무너진 너희 집 담장을 묵묵히 고쳐 주기도 했지. 또한 결정적으로, 여자에게는 아무런 관심이 없고. 어떤가? 이래도 무서운가?"

"……으음."

사마여리는 턱을 짚었다.

"사정을 알고 나니 그다지 무섭지 않네요."

"그래. 그렇다면 그 전에는 왜 무서웠지?"

"그야…… 사정을 모르니까……."

사마여리의 말을 들은 추이가 고개를 끄덕였다.

"그렇다. 무서운 사람이라는 것은 따로 있는 것이 아니다. 모르는 사람이 무서운 것이지."

"에이. 하지만 방금 예로 들어 주신 위호라는 사람은 너무 좋은 사정만 있었잖아요. 진짜로 위험한 사람이면 어떡해요."

"그렇다면 그 위호라는 놈이 사실 이웃 마을에서 넘어온 살인귀고 지금 관과 정파의 고수들에게 쫓기는 중이라고 한다면? 지금도 그놈을 찾는 포두들이 마을 어귀까지 와 있다면?"

"……아마 멀리 도망치거나 바로 관아에 신고를 할 것 같아요."

"최소한 대처를 할 수 있게 되었군. 아무것도 모르고 두려워할 때와는 달리 말이야."

"……."

사마여리는 무언가를 생각하는 듯 입을 다물고 말이 없다.

추이가 말을 이었다.

"마공도 이와 같다. 마공이라는 것이 따로 있는 것이 아니야. 중원의, 정도 무림의, 극히 일부의 명문 세력들이 만들어놓은 '틀'. 그 틀 밖에 있는 것이 바로 마공이 되는 것이다. 원론대로라면 '내가 모르는 무공이 곧 마공'인 셈이지."

"그, 그럼 미지의 무공을 어떻게 상대해야 하죠? 원리를 알아야 대응이 가능할 텐데."

"원리를 몰라도 대응은 할 수 있다. 타인의 무공을 현상 그 자체로 대한다면 말이야."

"현상 그 자체요?"

사마여리가 눈을 동그랗게 뜨며 물었다.

추이는 무표정한 얼굴, 고저 없는 목소리로 대답했다.

"우리들은 물과 불이 어디에서 생겨나는지 모른다."

"······?"

"하지만 둑을 쌓아서 물을 가둘 수 있다는 사실을 알고, 아궁이를 지어서 불을 가둘 수 있다는 사실도 알지."

"······!"

추이는 말을 계속했다.

"정도의 정(定)은 '틀'이라는 뜻이다. 정도의 무인들은 이처럼 정해진 틀을 만들어서 그 안에 모든 미지(未知)들을 가둔다. 둑이나 아궁이처럼 말이야."

"……결국은 그 틀이 얼마나 넓고 굳건한지가 중요하겠군요."

"그렇다. 그것이 바로 사람의 '그릇'이다. 그릇이 큰 자가 담을 수 있는 범위와 그릇이 작은 자가 담을 수 있는 미지의 범위는 다르겠지."

"어려워요. 미지는 미지인 채로 두고, 그것을 다루는 법부터 익히라니."

사마여리는 눈을 감고 한참 동안이나 생각에 잠겼다.

이윽고, 그녀의 입이 열렸다.

"예전에 아버님이 말씀해 주셨던 것이 떠올라요."

"……?"

"심여공화사(心如工畵師), 능화제세간(能畵諸世間), 오온실종생(五蘊實從生), 무법이부조(無法而不造). 마음은 화가와 같아서 능히 모든 세상을 그려 내나니. 색(色), 수(受), 상(相), 행(行), 식(識)의 오온(五蘊)이 실로 마음따라 생기어 만들지 못하는 것이 없다."

"……!"

추이의 두 눈이 크게 벌어졌다.

'……모든 것은 마음에 그리는 대로 된다.'

이것은 회귀하기 전, 추이가 육혼의 경지에 접어들어서야 깨달았던 무리다.

무공이라는 것은 결국 어디까지나 심상의 세계.

자신이 상상하지 못하는 것은 구현해 낼 수 없다.

가령 사람의 몸에 혈맥이 어떻게 뻗어 있고, 피가 어떤 방향으로 흐르는지를 정확히 상상하지 못한다면 피를 사용하는 무공은 익힐 수 없다.

하지만 분명 세외에는 타인의 피를 빨아들이는 흡혈공이 존재한다.

그들은 사람의 혈맥과 기경팔맥에 통달한 자들이며, 체내의 피를 이용해서 벌일 수 있는 무궁무진한 것들을 상상하고 구현해 낼 수 있다.

상상력의 한계가 곧 그 사람이 강해질 수 있는 한계인 것이다.

'그런데 그것을 한낱 중소 무가인 사마세가의 가주가 알고 있었다고? 그럴 리가. 그냥 뜻 모를 구결로만 외우고 있었던 것인가?'

추이는 묘한 표정으로 사마여리를 바라보았다.

사실 추이는 얼마 전, 사마여리에 대한 뒷조사를 한 바 있었다.

당시 적향이 보내온 편지에 의하면 사마여리의 뒷배경에는 딱히 수상한 점이 없었다.

……이상할 정도로 깨끗하더란 말이다.

'어느 날 갑자기 사라진 중소 문파. 흉수는 산적들이지만…… 중소 문파 하나를 깨끗하게 지워 버릴 힘이 있는 산

적들은 그 일대에 없다.'

그렇다면 하루아침에 사마세가를 멸문시켜 버린 세력은 누구인가?

순간.

추이는 아까 전에 사마여리가 방에 들어왔을 때 자신이 무의식적으로 송곳을 잡았던 것을 떠올렸다.

회귀하기 전 악뇌의 얼굴에 익숙해진 탓에 습관처럼 그랬다고 생각했으나…….

'아니다. 사마여리. 이 여자의 얼굴은 언젠가 본 적이 있다. 악뇌 사마여리가 아닌 다른 어딘가에서…….'

추이는 사마여리의 얼굴을 뚫어져라 바라보았다.

"?"

사마여리는 그 시선을 받으며 왜인지 몸을 살짝 꼬았다.

얼굴에는 옅은 홍조까지 드리운 채 말이다.

"고맙습니다. 부교관님 덕분에 의문점이 시원하게 풀렸어요. 일단은 제가 할 수 있는 것부터 차근차근 해 나가려고요."

"그래. 그렇게만 한다면 너는 황실비무연에도 나갈 수 있을 것이다."

"네에!? 제, 제가 어떻게 감히 그런 곳에……."

하지만 추이의 목소리는 진지했다.

"믿어라. 너는 충분히 해낼 수 있다."

"……."

추이의 말을 격려로 알아들은 사마여리의 두 눈에 이내 눈물이 맺혔다.

'이렇게까지 나를 믿어 주시다니…….'

부모님 두 분이 돌아가셨을 때, 그녀는 이 세상에 기댈 곳이 단 하나도 없다고 느꼈었다.

하지만 지금 사마여리의 눈앞에는 나무가 보인다.

부모님에 필적할 정도로 크고 굳건한 거목(巨木)이 따스한 빛을 뿌리며 서 있는 것이다.

※

"……모든 것은 마음에 그리는 대로 된다."

추이는 이렇게 답변을 마무리했다.

사마여리는 추이의 가르침을 한동안 복기하는 듯했다.

하지만 지금 사마여리의 지식과 경지로는 이 말뜻을 온전히 이해하기 어려우리라.

"이제 그만 돌아가라. 시간이 늦었다."

"네. 질문에 대답해 주셔서 감사합니다, 부교관님."

사마여리는 공손한 태도로 고개를 숙여 보인 뒤 자리에서 일어났다.

그리고 문득, 방을 나서기 전.

"참. 부교관님."

그녀는 지금 막 생각났다는 듯 물었다.

"혹시…… 이번 기말에 주작관의 평균치를 끌어올려서……
만약 주작관이 황실비무연에 나갈 자격을 얻게 된다면……."

사마여리는 그런 말을 할 수 있을 정도의 실력자다.

모든 시험에서 만점을 받은 뒤 주작관의 다른 생도들까지
가르치면 되니까.

"그러면 저는 상을 받게 되나요?"

"물론이다. 학업우수상과 장학금이 수여될 것이다."

"그런 상 말고요."

"……?"

추이가 한쪽 눈썹을 까닥 움직였다.

사마여리는 옅게 미소지으며 말을 이었다.

"부교관님께서는 따로 상을 안 주시나요?"

"무엇을 원하나."

추이가 평소와 다름없는 건조한 목소리로 대답했다.

이윽고, 사마여리는 몇 번의 심호흡 끝에 말을 이었다.

"밥 사 주세요. 저번처럼."

"알겠다."

"학관 안에서 말고요. 밖에서. 근사한 곳에서요."

"그것도 알겠다."

"그리고……."

"?"

그녀는 홍시처럼 발갛게 달아오른 얼굴로 말을 끝맺지 못한다.

"술도……."

추이는 사마여리를 돌려보냈다.

하지만 방문객은 한 명이 더 남아 있었다.

"서문 부교관님! 어, 어떤 분이 오셨는지 아세요? 무려……!"

영아가 이렇게 호들갑을 떨 만한 상대는 한 명뿐이다.

"오랜만이군."

현무후 구예림.

그녀가 추이를 직접 찾아온 것은 이번이 일곱 번째였다.

구예림은 손에 든 인삼을 흔들어 보이며 옅게 웃었다.

"유비가 제갈량을 찾은 것도 겨우 세 번이었는데 말이야."

"오셨습니까."

"몸은 좀 어떤가."

"괜찮습니다."

"……."

"……."

딱딱한 대화가 몇 번 오간 끝에 침묵이 감돈다.

구예림은 앞머리를 쓸어 넘겼다.

그러고는 나지막한 한숨과 함께 입을 열었다.

"말 놓아라."

"……."

"새삼스럽게 다시 존칭을 들으니 어색하다. 그대에게 목숨을 빚졌던 그날 이후로……."

창마 구강호를 죽였던 그날의 밤 이후로 추이는 구예림과 다소 어색해져 있는 상태였다.

그 뒤로도 구예림은 꾸준히 추이를 찾아갔으나, 추이 쪽에서 항시 병을 핑계로 대면을 거절하곤 했다.

물론, 추이가 구예림을 피해 다닌 것은 아니다.

그저 단순히 정말로 바빴을 뿐.

하지만 그런 사실을 모르는 구예림은 다소 서운함을 느끼고 있었다.

"오독교의 난에서 분명 그대를 보았다. 독무 속에서 나를 살려 준 사람도 그대이지?"

"……."

"개방의 소방주가 두 번이나 목숨을 빚지다니. 전례가 없는 일이야."

구예림이 추이의 옆에 앉았다.

그녀는 한동안 추이의 옆얼굴을 빤히 바라보았다.

"축하할 사실이 하나 있어."

"뭐지?"

추이의 질문이 짧다.

구예림은 그것을 느끼고는 빙긋 웃었다.

"다음 학기 때 그대가 교관으로 승격될 것 같다."

"……"

"아직 확실한 것은 아니지만 원로회의 분위기가 그랬다. 이번 민관 협력 계획에서 창마를 물리치는 공훈을 세운 데다가 오독교의 난 때 수많은 사람들을 구출했지. 거기에 평소 생도들의 강의 평가도 우수하니 승진에 결격 사유는 없어."

"……"

"이번 학기에서 곧바로 승진이 어려운 이유는 하나뿐이야. 많은 사람들 앞에서 무공의 수준을 드러내어 입증한 적이 없다는 것. 그것은 원로회에서 평가하는 주관적인 요소지. 그리 깐깐한 수준을 요구하지는 않으니 나중에 사람들이 모여 있는 곳에서 무술 시범이나 한번 보여 주면 돼."

구예림은 추이의 승진에 대해 열심히 이야기했지만, 사실 그런 문제는 추이의 관심 밖이었다.

그래서 추이는 관심 있는 분야로 화제를 돌렸다.

"현무관은 황실비무연 준비를 잘하고 있나?"

"주작관 교관에게는 비밀이야."

"……"

"농담이다."

구예림은 전보다 어색해진 말투를 사용하고 있었으나 미소만큼은 더욱 자주 짓게 되었다.

　아마도 그동안 얼굴을 보지 못한 사이 내면에 많은 변화가 있었던 모양.

　이윽고, 구예림은 말을 이었다.

　"알다시피, 황실비무연에 출전할 자격을 얻는 것은 두 개의 관뿐이야."

　"……."

　"나는 그것이 청룡관과 백호관이라고 생각하고 있어."

　구예림은 현무관 출신이면서도 청룡관과 백호관을 점찍고 있었다.

　"안타까운 일이지만, 현무관에는 청룡관과 백호관 같은 구심점이 없어. 남궁율이나 호예양 같은 생도가 말이지."

　"주작관은?"

　"사마여리가 있기는 하지만…… 주작관 자체의 평균치가 너무 낮아. 그들은 언제나 논외였지."

　"그렇게 생각하나 보군."

　"……?"

　구예림이 고개를 갸웃한다.

　하지만 추이는 더 이상 말을 길게 늘이지 않았다.

　사마여리가 있다면 주작관은 반드시 황실비무연에 나갈 수 있을 것이다.

그리고 그곳이 아마 혈교가 본격적으로 준동하는 판이 되리라.

"아. 참. 깜빡할 뻔했군."

구예림이 다른 용건을 꺼냈다.

"아까 말했던 교관 얘기 있잖은가. 민관 협력의 공을 인정받았다고."

"……."

"그 결과, 현(縣)에서 그대에게 공로패를 수여하겠다고 하는군."

추이는 턱을 짚고 생각에 빠졌다.

현을 다스리는 이는 현령(縣令)이다.

그는 지방의 장이며 무려 일만 호를 다스리는 막강한 권력자이기도 하다.

특히 번화가인 이곳 하남에서는 더더욱 말이다.

특히나 추이에게 공로패를 수여하겠다고 하는 현령은 무려 이 일대의 사십만 명 이상을 다스리는 토후 중의 토후, 꽤나 지체 높은 목민관이었다.

구예림이 말을 이었다.

"현이라는 단위는 예전과 달리 엄청나게 커졌어. 현령 한 명이서 도저히 다 꾸려 나갈 수가 없는 규모가 되었지."

"……."

"그래서 현령은 거인(擧人)이나 진사(進士) 같은 지방 사족,

신사(紳士)들을 끌어모아 막우로 삼는 중이지. 한마디로, 일대에서 방귀깨나 뀐다는 이들을 한 집단으로 모아서 향우회(鄕友會)를 만드는 거야."

그리고 놀랍게도, 등천학관 역시도 그 향우회의 한 축을 구성하고 있는 막우들이었다.

구예림은 현의 사정에 대해서도 이야기했다.

"현재 현령은 건강이 별로 안 좋아. 그래서 입법이나 행정 같은 것들은 거의 다 그의 자식들이 보고 있지."

"현령에게는 처자식이 없다고 알고 있는데."

"맞아. 지금 현의 업무를 보고 있는 이들은 수양자식들이다. 아들 하나, 딸 하나, 둘은 쌍둥이지."

이것은 추이도 모르던 정보였다.

회귀 전에는 그저 흘러간 과거의 일일 뿐이었으니 구태여 관심을 갖지 않았기 때문이다.

구예림은 나지막한 목소리로 말했다.

"사실 나는 지금의 현령을 높이 사고 있다. 그는 퇴역 군인들에 대한 대우 개선을 위해 노력하는 목민관이거든. 그 때문에 황실에서도 눈 밖에 나서 이곳까지 좌천된 것이기도 하고."

"그의 아들, 딸은 어떻지?"

"신동 중의 신동들이다. 나이는 이제 열서너 살에 불과하지만 벌써부터 무리 없이 현의 법률과 집행을 담당하고 있지. 무려 한림원 백관의 으뜸이라는 내각대학사의 제자들이라고 들었다. 심지어 한때는 상서방에서 공부했었다나."

내각대학사라 하면 정책을 결정할 때 황제의 자문에 응답하는 최고위 관리다.

그런 자가 제자로 받아들여 키웠을 정도면 그 오성(悟性)이 어느 정도일지 대략 짐작이 간다.

'……그러니 황자들이 모여 공부한다는 상서방에 몸담고 있었던 것이겠지.'

추이는 속으로 이것저것을 생각했다.

안 그래도 조만간 한번 현의 관리를 만나 볼 생각이었다.

이것저것 이용할 일이 많았기 때문이다.

'앞으로 펼쳐질 홍공의 행보를 막기 위해서는 관의 협력이 필수적이다.'

추이는 머릿속에 백면서생의 얼굴을 떠올렸으나 이내 고개를 저었다.

뭐가 어찌 됐든 간에, 동창은 믿을 수 없다.

독자적으로 관에 줄을 대 놓을 필요가 있었다.

추이가 구예림에게 물었다.

"현령의 자식들은 업무를 잘 보고 있나? 뭔가 애로 사항은?"

"우리가 저번에 여정을 떠나 봐서 알잖나. 지방 토후들은 현령의 자식들에게 협력하지 않고 있다. 새로 제정된 법률들이 하나같이 너무 촘촘해서 반발이 아주 거세. 특히나 세법에 관련해서는 더더욱."

그 때문에 추이와 구예림은 지방 토후들에게 새로 제정된 세법에 따를 것을 촉구하는 서신들을 돌렸던 것이다.

"……."

추이는 생각에 잠겼다.

건강이 안 좋은 현령과 그의 수양 자식들.

관과 지방의 세력가들이 마찰을 일으키고 있는 현실.

이 상황을 어떻게 이용하여 이쪽에 유리한 판을 짤지, 그것이 문제였다.

그때.

"그대는 왜 웃지 않지?"

문득, 옆에 있던 구예림이 이쪽을 들여다본다.

그녀는 큰 눈을 반짝이며 추이의 얼굴을 동공에 담고 있었다.

"항상 무표정한 얼굴이라서 말이야. 그러고 보니 다른 표정을 본 기억이 없군."

"……."

"덥거나, 춥거나, 아프거나, 피곤하거나, 배고프거나, 화가 나거나, 술을 마시거나, 그대와 함께 많은 것들을 함께 겪었지만 나는 아직도 그대의 다른 얼굴을 몰라."

구예림은 추이를 바라보며 담담한 어조로 말을 이었다.

"이쯤 되면 정말 궁금하다. 그대는 왜 웃지 않는가?"

구예림이 타인에게, 그것도 동년배의 남자에게 호기심을 품고 무언가를 묻는 것은 처음이었다.

비록 그녀 스스로는 이 사실을 인지하지 못하고 있었지만.

"……."

구예림의 질문 앞에 추이는 잠시 입을 다물었다.

그리고 이내, 처음으로 자신의 속내를 밝혔다.

"웃으면 잊어버리기 때문이다."

"……잊어? 무엇을?"

"고통과 외로움."

순간. 추이의 대답을 들은 구예림의 입을 다물었다.

그렇다.

제아무리 견고한 철인(鐵人)이라고 해도 고통을, 외로움을 모를 수는 없다.

두려움을, 그리움을, 울음을, 사랑을 모를 수는 없는 일이다.

그리고 웃는 순간, 이 모든 희로애락의 감정을 새삼 느끼게 된다.

그래서 추이는 웃지 않는 것이다.

이 모든 고통들을 잊지 않기 위해서.

"……."

구예림은 아무런 말도 할 수 없었다.

무슨 말을 해야 눈앞에 있는 이 정체불명의 남자에게 위로와 안식이 될 수 있을지.

그 거대하고 막막한 문제에 대한 아무런 답을 찾을 수 없었기 때문이다.

"……그렇군. 그대의 말은 여전히 이해하기 어렵다. 하지만."

구예림은 애써 미소 지으며 말했다.

"무슨 일이 생기면 털어놓고 의지하도록. 그것이 동료니까."

"……동료라."

추이의 중얼거림을 끝으로 구예림이 자리에서 일어났다.

"그럼 여기, 앞으로의 학사 일정이 적힌 서류를 놓고 가겠다. 추후 복귀 전에 한번 훑어보아라."

말을 마친 구예림은 천천히 일어나 방을 나갔다.

영아가 호들갑을 떨며 구예림을 밖까지 배웅하는 소리가 들렸다.

"……."

추이는 구예림이 놓고 간 학사 일정을 들여다보았다.

一. *학부모 참관 수업.*

二. *정도회맹*(定道會盟) *견학.*

학부모 참관 수업이라는 것은 그저 귀찮은 일에 불과하지만 그 뒤에 언급되는 정도회맹 견학은 무게감이 다르다.

왜냐하면 추이는 회귀 전의 지식으로 인해 이번 정도회맹에서 무언가 큰일이 벌어진다는 사실을 인지하고 있었기 때문이다.

'……이 때문에 관의 협력을 필요로 하는 것이기도 하고.'

본디 이 정도회맹에서는 마교가 본격적으로 모습을 드러낸다.

마교의 세력들은 정도회맹을 망쳐 놓는 것도 모자라 새로운 무림맹주로 선출된 화산파의 전대 장문인을 암살하는 것에 성공하는 것이다.

추이는 이 사실들을 직접 보고 겪은 것이 아니라 전해 들었을 뿐이지만……

'그 전달자가 현장에서 주도적인 역할을 했던 인물이니 믿을 만하지.'

마교의 준동.

이는 추이에게 있어 혈교의 준동과는 사뭇 다른 느낌을 주고 있었다.

"……그리운 얼굴을 만나게 되겠군."

토법고로 때도 그랬듯, 또다시 구면(舊面)이다.

잘하는 집을 안 가 봐서 그래

학부모 참관 수업이 시작되었다.

황실비무연에 출전할 두 개의 관을 가리는 시험이 얼마 남지 않은 지금.

"아들! 엄마 아빠 여기 있다!"

"아이구, 우리 딸! 오랜만에 보는구나!"

"이야— 여기가 우리 아들이 공부하는 데야?"

"하— 기숙사 넓은 것 좀 봐. 이 녀석 집에서보다 좋은 데서 사는 것 같은데?"

자식 교육에 열의를 보이는 수많은 학부모들이 등천학관을 방문했다.

오늘 등천학관은 기밀이 유지되어야 하는 몇몇 장소를 제외하고는 모든 구역을 개방한다.

'귀하의 자식들이 이렇게 훌륭한 시설에서 수학하고 있습니다'라는 뜻이다.

……그리고 오늘.

남궁율 역시도 여느 평범한 생도들처럼 가족들의 방문을 기다리고 있었다.

그녀는 학관 뒤뜰에 마련되어 있는 널따란 탁자에 앉아서 햇볕을 쬔다.

차갑고 고아한 인상의 미녀.

그녀가 입을 다문 채 허공을 바라보고 있으면 지나가는 남자들은 절로 가슴을 움켜잡고 탄식한다.

'저런 미녀는 무슨 생각을 하면서 살까?'

'어떤 고민이 있기에 저리 수심에 잠겨 있을까?'

'만약 내가 그녀의 시름을 덜어 줄 수만 있다면 무엇이든 하리라.'

지나가는 남자 생도들의 속마음은 대부분 비슷했다.

하지만. 차 한 잔을 앞에 둔 남궁율의 심경은 사실 보이는 것보다 훨씬 더 복잡했다.

'추이 님은 어디 계실까.'

그녀가 진정코 기다리는 이들은 가족이 아니다.

꽃다운 방심(芳心) 속을 꽉 채우고 있는 것은 단 한 명의 낯선 사내였다.

'오독교의 난 때, 분명 나를 구해 주신 분은 추이 님이었어.'

흐려지는 의식 속에서 똑똑히 봤다.

그녀를 노리고 자폭하려 드는 오독교인들을 추풍낙엽처럼 쓸어버리던 위풍당당한 모습.

파촉설산에서 봤던 바로 그 모습이었다.

'또다시 다른 사람들을 구해 주고 묵묵히 떠나 버리시다니. 역시 아직도 협객의 길을 걷고 계시는구나.'

지금쯤 아주 멀리 떨어져 있을 것이라 생각했던 추이가 가까이에 있다는 생각이 들자 남궁율의 두 눈에 생기가 깃들었다.

'……그래. 여기서 이러고 있을 때가 아니야. 당장이라도 학관을 자퇴하고 또다시 추이 님을 찾아 여정을 떠나는 거야. 한 번 해 봤는데 두 번 못 할 리가!'

불과 몇 년 전까지만 해도 자신이 사내에 관련된 문제로 가슴앓이를 할 것이라곤 상상도 못 했던 남궁율이다.

맨 처음, 조부의 명령을 받아 어쩔 수 없이 세가를 나서던 모습은 이미 찾아볼 수 없었다.

바로 그때.

"어이-"

눈앞으로 별안간 누군가가 털썩 주저앉았다.

의욕으로 불타던 남궁율의 눈빛이 일순간 차갑게 가라앉

았다.

도봉 팽어린.

그녀가 생글생글 웃는 강아지 같은 표정으로 남궁율의 앞에 앉아 있었다.

남궁율이 말했다.

"하북의 불여우. 무슨 일이지?"

"불여우라니, 말이 심하네."

팽어린은 여전히 사람 좋게 웃고 있었다.

"있잖아. 저번에 오독교의 난 때 말이야."

"……"

"소문에 의하면 이 오독교의 난이 무사히 진압된 것에 삼청황천이라는 고수가 개입되어 있다던데. 뭐, 들은 거 있어?"

"……!"

남궁율이 살짝 멈칫하는 것을 팽어린은 놓치지 않았다.

"남궁세가가 삼청황천과 별로 사이가 좋지 않다는 것은 아는데. 그냥 네 생각이 궁금해서."

"그게 왜 궁금하지?"

"그냥. 뭐랄까. 집단에 버금가는 일인에 대한 동경과 호기심?"

"……?"

남궁율이 미간을 찡그리자 팽어린은 어깨를 으쓱했다.

"그렇잖아. 가령, 너랑 네 옆을 지나가는 이 개미. 둘의 사이가 나쁘다고 하지는 않잖아. 너는 그냥 개미를 눌러 죽이면 그만이니까."

"……."

"그런데 말이야. 세간에는 남궁세가와 삼청황천의 사이가 나쁘다는 이야기가 공공연히 돌고 있어. 이 말이 무슨 뜻이겠어."

팽어린의 두 눈동자는 호기심과 동경, 생기로 빛나고 있었다.

"삼청황천이라는 일개 개인이 남궁세가라는 막강한 집단과도 버금가는 힘과 영향력을 갖추고 있다는 뜻이겠지."

"……."

"아, 미안. 불쾌한 말이려나? 나는 그냥 호사가들의 소문을 얘기한 거야. 당연히 삼청황천 개인이 남궁세가에 어찌 대적하겠어."

팽어린은 진심으로 삼청황천이라는 고수의 추종자가 된 것 같았다.

남궁율은 속으로 생각했다.

'요즘 젊은 후기지수들 가운데 추이 님을 추종하는 세력이 우후죽순처럼 생겨나고 있다더니…….'

그 세력들의 중심에 있는 이가 바로 이 팽어린이다.

'아무튼. 여러모로 귀찮은 여자니 얽혀서 좋을 일이 없다.'

남궁율이 어떻게 자리를 피할지 고민하고 있을 때.

"딸!"

반가운 목소리가 들려왔다.

남궁세가의 가주 창궁검호(蒼穹劍虎) 남궁파(南宮破).

남궁율의 아비인 그가 딸을 만나러 학부모 참관 행사에 참석한 것이다.

"아버님. 그간 강녕하셨습니까."

남궁율은 이때다 싶어 남궁파를 향해 다가갔다.

한데.

"앗, 창궁 대협이시군요! 저도 인사드립니다!"

팽어린이 그런 남궁율의 옆으로 쪼르르 다가온다.

남궁율의 눈치에도 불구하고 팽어린은 씩씩하고 싹싹하게 인사를 했다.

남궁파는 사람 좋은 웃음을 지은 채 팽어린을 바라보았다.

"오— 팽가의 여식이구나. 많이 컸어. 그동안 잘 지냈느냐?"

"그럼요. 잘 먹고 잘 자고 쑥쑥 크고 있습니다!"

"여전히 밝아서 좋구나. 하하하— 부친께서는 오늘 오시고?"

"그럼요! 아, 저기 오네요! 아빠!"

팽어린은 손을 들어 허공에 대고 흔들었다.

그러자 이윽고, 벽 너머에서 커다란 체구의 사내 하나가 모습을 드러냈다.

늠름한 풍채와 잘 정리된 수염.

마치 전장을 누비는 장군과도 같은 외모였다.

하북팽가의 가주 하북제일도(河北第一刀) 팽가휘(彭加麾).

기세를 발산하는 것에 능한 만큼, 팽가휘는 기세를 감추는
것에도 능했다.

남궁파는 팽가휘를 보며 껄껄 웃었다.

"이 사람. 기척 좀 내고 다니게!"

"허허허― 자네야말로 맹회(盟會)에 얼굴 좀 비치라고. 이러
다 얼굴 까먹겠어."

팽가휘 역시도 남궁천의 핀잔에 씩 웃는다.

둘은 이 세상에 둘도 없는 친우였다.

남궁파가 말했다.

"그러고 보니 곧 정도회맹이 열리겠군."

"새 무림맹주가 선출되었으니 마땅히 그래야지."

팽가휘가 고개를 끄덕이며 대답했다.

팽어린도 남궁율을 바라보며 말했다.

"기대되지 않아? 정도회맹 말이야."

"……."

"정도의 영웅들이 다 모일 거야. 게다가 뭐니 뭐니 해도,
새로운 무림맹주님은 그 유명한 삼왕오제(三王五帝)의 일인이
잖아."

남궁율은 이마를 짚었다.

지금 그녀가 제일 관심을 기울이고 있는 것은 정도회맹 따위가 아니라 추이의 행보였기 때문이다.

하지만 팽어린은 그런 남궁율을 쉽사리 놓아주지 않았다.

"혹시 삼칭황천 님도 그 자리에 오실까?"

"……무슨 소리야 그게?"

"그분도 엄밀히 따지면 정파의 협객이잖아. 정도회맹은 일반인들도 구경 올 수 있으니까. 혹시 군웅들 틈에 섞여서 보러 오시지 않을까 했지."

"……."

팽어린의 추측은 꽤 그럴싸했다.

남궁율이 턱을 짚자, 팽어린이 은근한 목소리로 말했다.

"혹시 너는 삼칭황천 님의 얼굴을 알아?"

"……."

"아니. 이번 오독교의 난 때, 독무 속에서 삼칭황천 님의 맨얼굴을 봤다는 애들이 간혹 있어서. 혹시 너도 알려나 싶었지."

남궁율은 입을 다물었다.

자신이 아는 정보를 알려 주고 싶지 않았기 때문이다.

그때.

"뭣들 하는 게야?"

저 옆쪽에서 짜증 실린 목소리가 들려왔다.

방금 전까지 이런저런 회포를 풀고 있던 남궁파와 팽가휘가 화들짝 놀라 고개를 돌린다.

그곳에는 칼날 같은 눈매를 가진 한 노인이 서 있었다.

검왕(劍王) 남궁천.

태산과도 같은 존재감을 뿜어내고 있는 노당익장(老當益壯)이 이쪽을 노려보고 있었다.

"언제부터 대남궁세가가 팽씨 나부랭이들과 말을 섞어 주었느냐?"

"아, 아버님. 그, 그게……."

남궁파가 남궁천을 말리려 했지만 소용없었다.

남궁천은 예전부터 하북팽가를 싫어하기로 유명했으니 말이다.

"선배님. 말씀이 조금 과하신 것 같습니다."

하북팽가의 가주 팽가휘가 식은땀을 흘리면서도 할 말을 했으나.

"과하긴 뭣이 과해? 옛날에는 오대세가의 말석에도 못 끼던 것들이."

"현재가 중요하지 않겠습니까."

"그 현재를 만든 놈이 너냐? 네 아비지."

"……."

"남궁세가랑 맞먹고 싶다면 네 아비부터 데려와라. 그러면 오대세가의 말석으로나마 인정은 해 주마."

남궁천은 대놓고 하북팽가를 깔아 보고 있었다.

그 노골적인 적대감에 팽가휘와 팽어린뿐만 아니라 남궁
파와 남궁율까지도 당황했다.

"아, 아버님. 여기서 이러시지 말고 자리를 옮기시죠. 저
기 풍경 좋은 곳에 차를 타 두라고 일러 놨습니다."

"그래요 할아버님. 우리 저기 꽃 구경 하면서 차 마셔요."

남궁파와 남궁율이 남궁천의 도포 자락을 잡아끈다.

한편, 팽가휘는 입맛을 다시며 뒷머리를 긁고 있었다.

팽어린이 소곤소곤 따져 물었다.

"아빠! 왜 반박을 안 해!"

"안 한 게 아니라 못 한 거다. 선배님 말씀에 사실 틀린 것
은 없어서……."

"아휴! 울 할아버지는 어디 가신 거야!"

팽어린의 투정을 들은 팽가휘가 고개를 갸웃했다.

"그러고 보니 이상하구나. 검왕 선배님이 계시면 꼭 네 할
아버님이 나타나곤 하셨는데 말이다. 오늘은 왜 안 나타나시
지?"

"오시긴 했어요?"

"응. 방금 전까지만 해도 저 앞에 같이 있었는데……."

팽가휘와 팽어린의 대화를 엿들은 남궁천이 목을 슬쩍 위
로 뺀다.

그 역시도 도왕(刀王) 팽항적(彭項籍)이 나타나기를 내심 기

대하고 있었던 모양이다.

"원 늙은이 같으니. 옛날 같았으면 벌써 나타나서 왜 시비를 거냐고 맞서 왔을 텐데. 제 아들과 손녀가 모욕을 당하는데도 안 나타나고 어디서 무얼 하는 게야? 나이를 먹으니 재미없는 놈이 되었어."

남궁천은 혀를 끌끌 차며 돌아섰다.

바로 그 순간.

…콰쾅!

별안간 요란한 폭음이 터져 나왔다.

여기서 얼마 떨어지지 않은 누각 하나가 흔들흔들거리더니 이내 붕괴해 내리기 시작했다.

"이 기운은……?"

남궁천이 흰 눈썹을 까닥 들어 올렸다.

그 밑에서는 호기심에 반짝거리는 눈빛이 뿜어져 나오고 있었다.

이윽고, 주변에서 인파가 몰려들기 시작했다.

그들은 모두 누각이 무너진 방향으로 달려가고 있었다.

"도왕님께서 비무를 벌이신다!"

"뭐라고? 도왕님께서? 누, 누구랑?"

"누구인지가 중요해!? 빨리 보러 가자고!"

"우리도 어깨너머로 가르침을 받을 수 있을지도 몰라!"

호사가들의 입장에서는 결코 놓칠 수 없는 화제다.

"이럴 수가. 시비 거는 것보다 더 재미있는 걸 하고 있었 잖아? 이럴 수는 없다!"

남궁천은 자존심이 상한다는 듯 훌쩍 날아올랐고 이내 폭음이 들려온 곳으로 달려가기 시작했다.

한 자리에 있었던 남궁파, 남궁율, 팽가휘, 팽어린 역시도 인파가 몰리는 방향으로 달려갔다.

놀랍게도, 그곳에는 정말로 도왕 팽항적이 서 있었다.

"……."

그리고 그 앞에는 감히 도왕에게 맞서고 있는 비무 상대가 서 있는 것이 보인다.

작은 키.

덥수룩한 머리카락.

그 밑으로 보이는 화상 자국들.

바로 등천학관의 서문경 부교관이었다.

이것은 아주 드문 일이다.

"……."

추이는 황당함을 표정에 드러내고 있었다.

도왕(刀王) 팽항적(彭項籍).

그것이 지금 눈앞에서 기세를 뿜어내고 있는 오 척 단신,

깡마른 노인의 정체였다.

추이는 상황이 왜 이렇게 되었는지를 복기해 보았다.

그러니까, 불과 한 시진 전의 일이다.

추이는 몸 상태가 어느 정도 회복되었을 무렵 관사 밖으로 나왔다.

손에는 천에 둘둘 감아 놓은 긴 쇳덩어리를 든 채였다.

하얀 천으로 꽁꽁 싸맸음에도 불구하고 숨겨지지 않는 예기(銳氣).

그것이 붉은 빛으로 화해 언뜻언뜻 내비친다.

이것은 추이가 토법고로에서 가지고 나온 칼.

'호북제일도(湖北第一刀)라는 별호를 들어 본 적이 있나?'

도좌철을 죽이고 빼앗은 '적혈도(赤血刀)'였다.

'……매화귀창에 버금가는 좋은 칼이다.'

적혈도는 매화귀창과 백여 합을 부딪치면서도 날이 상하지 않았다.

서로 내공을 쓰지 않는 공정한 승부였으니 무기의 격(格)은 확실하게 증명된 셈이다.

만약 도좌철이 이 적혈도에 내공을 실어서 덤볐더라면 결과는 지금과는 조금 달라졌을 수도 있다.

약간 처지는 실력 차이를 뒤집어엎을 수 있게 만들어 주는 것.

신병이기(神兵利器)라는 것은 무릇 그런 것이다.

'하지만 내게는 소용없는 무기지.'

추이는 칼을 쓰지 않는다.

아예 쓸 줄 모르는 것은 아니지만, 어중간하게 짧은 병기는 어째 손에 잘 익지 않는 것이다.

길든, 짧든, 대어봐야 아는 것은 별로다.

추이는 그런 성격이었다.

그래서 추이는 이 적혈도를 녹여서 다른 것을 만들 생각이었다.

'토법고로에서 송곳과 망치를 잃었으니 이참에 하나씩 만들어야겠군.'

만약 쇠가 조금 남는다면 그것으로는 마름쇠를 제작할 생각이었다.

아주 특별한 마름쇠가 되리라.

뭐, 아무튼.

추이는 적혈도를 녹여서 다른 무기로 만들기 위해 장강수로채의 채주 적향에게 서신을 보냈었다.

칼 한 자루를 보낼 테니 원하는 것을 만들어 달라고.

……하지만 돌아온 대답은 실망스러운 것이었다.

ー안 돼. 바빠.

물론 마냥 매몰찬 것은 아니었다.

―등천학관의 대장간으로 가 봐. 뛰어난 야금꾼이 있으니까.

등천학관에는 적향이 인정할 정도로 뛰어난 대장장이가 있었다.

추이는 곧장 대장간으로 향했다.

그리고 그곳에서 낯익은 얼굴을 마주하게 되었다.

손강(孫鋼)과 손화(孫嬅) 부녀.

장강의 발원지에서 화전을 일구며 살던 그들이 이곳에서 일하고 있었던 것이다.

'제가 직접 메를 잡겠습니다. 화야, 너는 불 세기를 잘 맞추니 옆에서 풀무질을 하거라.'

'예, 맡겨 주세요, 아버지.'

추이는 한때 수적들에게 목숨을 잃을 뻔했던 이 부녀를 구해 주고 그들의 집에서 매화귀창을 제작했던 적이 있었다.

물론 그들은 서문경의 얼굴을 하고 있는 추이를 알아보지 못했다.

추이는 손강과 손화 부녀에게 적혈도를 맡기며 말했다.

"칼을 녹일 것이다. 송곳 두 자루. 망치 한 자루. 나머지는 마름쇠로."

"예. 견적서를 거기 놓고 가시면 됩니다. 관사 어디로 보내 드리면 될까요?"

"찾으러 오겠다. 주작관의 서문경이다."

"알겠습니다. 서류 밑 공란에 수결을 하시면 열흘 안에 제작해 놓겠습니다. 예상보다 빨리 된다면 서신을 보내 드리지요."

손강이 사람 좋은 웃음을 띤 채 말했다.

……여기까지는 모든 것이 순조로웠다.

하지만 반 시진 뒤, 추이가 진행 상황을 확인해 보려고 다시 대장간에 들렀을 때.

"어어…… 서, 서문경 부교관님."

손강은 울상을 짓고 있었다.

그 옆에 있던 손화가 난처한 표정으로 설명했다.

"맡기신 칼을 다른 분께서 잠시 가져가셨습니다. 확인해볼 게 있다고…… 저희는 필사적으로 막았는데 워낙 막무가내셔서……."

"……."

추이의 한쪽 눈썹이 까닥 내려갔다.

남이 대장간에 맡긴 물건을 잠시 가져간다?

그것은 그냥 도둑이다.

하지만 손화는 추이를 안심시키려는 듯 말을 이었다.

"그래도 괜찮으실 겁니다. 어떤 분께서 가져가셨는지 알거든요."

도둑에게 '어떤 분'이라.

어째 일이 귀찮아질 것 같은 낌새가 든다.

아니나 다를까, 손화의 입에서 얽히기 싫은 이름이 나오고
야 말았다.

"도왕 팽항적 님께서 가져가셨습니다. 잠깐 보고 다시 가
져오시겠다고…… 그런 분의 말씀이니 믿으셔도 좋지 않을
까요? 손님께서 맡기신 물건을 잃어버린 입장에서 할 말은
아닙니다만…… 그래도 너무 걱정하실까 봐……."

팽항적.

하북팽가의 전대 가주이자 현 정도무림의 정점에 있는 삼
왕(三王) 중 하나.

그런 자가 적혈도를 제멋대로 가져갔으니 일이 귀찮아지
게 생겼다.

'차라리 그냥 버리는 편이 낫겠군.'

딱히 무기에 집착하는 편은 아니다.

적혈도가 아깝지만 괜한 일에 휘말려 시간을 낭비하는 것
보다는 나았다.

추이는 다소 짜증스러운 발걸음으로 대장간을 나와 관사
로 돌아갔다.

……아니, 돌아가려 했다.

인적 드문 뒤뜰을 가로지르던 차에 맞닥뜨린 한 노인이 아

니었다면 말이다.

"이봐. 젊은이."

작은 키에 깡마른 몸.

볼품없는 체구를 가진 한 노인이 추이를 불렀다.

그는 벽에서 등을 떼고 추이의 앞으로 비실비실 걸어온다.

"……."

추이는 눈을 가늘게 떴다.

왜소한 체구만 봐서는 알 수 없다.

철저하게 감추어져 있는 기세를 들여다봐야 안다.

이자는 구무협의 살아 있는 전설.

도산무림(刀山武林)의 정점에 서 있는 남자.

하북팽가의 팽항적이었다.

하북팽가의 남자들은 다들 체격이 크고 성격이 호방한데 반해 팽항적은 조금 달랐다.

유년 시절에는 수줍음이 많고 몸이 약해서 주변 모든 이들의 걱정을 샀다나.

하지만 '어떤 사건'을 계기로 무공에 일로매진해 지금의 성취를 이루어 냈다고 하는데, 그 사건에 대해서는 아는 이들이 별로 없었다.

단지 마교에 관련된 것이라고만 어렴풋이 짐작할 뿐.

"어딜 그리 바삐 가는가?"

팽항적이 추이의 앞을 가로막았다.

그에게서는 여전히 아무런 기척도 느껴지지 않는다.

눈으로 보고 있지만 인기척이 워낙 없어서 되레 눈을 의심하게 될 정도.

기세를 위압적으로 폭발시키는 것에 통달하다 보니 그것을 숨기는 것에도 도가 튼 모양이다.

추이는 미간을 살짝 찡그렸다.

기대하고 있던 무기를 빼앗긴 입장에서 말이 곱게 나가지 않는 것은 당연한 일이다.

"무슨 볼일입니까?"

"당차서 좋군. 네가 서문경 교관이냐?"

"교관이 아니라 부교관입니다."

"그럼 오늘부터 교관 해라."

"……?"

추이가 미간을 찡그렸다.

팽항적은 긴 수염을 쓰다듬으며 중얼거렸다.

"개방의 소방주를 두 번이나 구하고, 현령에게 공로패도 받고, 생도 평가도 좋고, 관첩을 사서 들어왔다고는 믿을 수 없을 정도로 훌륭한 행보야. 이 정도면 그냥 정정당당하게 채용 시험을 봐도 좋았을 텐데. 속 모를 젊은이로군."

그는 그 짧은 시간 동안 이미 '서문경 부교관'의 뒷조사를 끝낸 뒤였다.

물론 겉면에만 드러난 정보들이라서 별 가치는 없는 일이었지만 말이다.

추이가 다시 물었다.

"무슨 볼일이냐고 물었습니다."

정말 최소한의 존댓말이다.

하지만 팽항적은 별로 신경을 쓰지 않고 있었다.

"이 칼. 어디서 얻었누?"

그가 꺼내 든 것은 흰 천에 둘둘 싸여 있는 쇠붙이.

마치 짐승의 배를 찢고 나온 양, 금방이라도 선혈이 뚝뚝 떨어질 것만 같은 적빛의 도였다.

팽항적은 어이가 없다는 듯 실소했다.

"등천학관에서 새로 채용한 대장장이의 실력이 좋다길래 한번 와 봤는데…… 설마 이 칼을 여기서 다시 만나게 될 줄이야."

"……"

"젊은이. 자네는 이 칼이 무엇인지는 알고 있는 겐가? 만약 그렇다면 녹일 생각은 못 했을 터인데."

"……"

추이는 별다른 대답을 하지 않는다.

하지만 팽항적은 혼자서 계속 말하고 있었다.

"단도직입적으로 말하지. 이것은 천하명도(天下名刀)일세. 남궁세가에 있는 어장검에 필적하는 신병이기라고. 나는 젊었던 시절 이 칼을 쓰던 자에게 한 번 진 적이 있네. 그래서 더욱 잘 기억하고 있지."

이윽고, 그는 손에 들려 있던 적혈도를 추이에게 던졌다.

탁!

적혈도는 다시 추이의 손으로 되돌아왔다.

하지만 팽항적은 여전히 추이를 주시하고 있었다.

"그런데…… 그런 대단한 칼을 녹여서, 뭐? 송곳? 망치? 그따위 농기구를 만든다고? 더군다나 뭐? 마름쇠? 한 번 쓰고 버리는 그 소모품을 만들어? 자네 미친 겐가?"

여차하면 다시 빼앗을 기세였다.

추이는 적혈도를 옆으로 치웠다.

그러고는 특유의 무미건조한 어조로 대답했다.

"제게 도는 필요 없습니다."

"왜."

"약해서."

"……"

순간, 팽항적이 한숨을 크게 내쉬었다.

그는 한심하다는 듯한 눈빛과 안타깝다는 듯한 어조로 입을 열었다.

"젊은이. 자네가 잘하는 집을 안 가 봐서 그래."

"……?"

"도를 잘 쓰는 사람을 못 봐서 그렇다, 이 말일세."

이윽고, 팽항적은 등에 메고 있던 도 한 자루를 끌렀다.

손잡이에서 곧바로 칼날로 이어지는 투박한 형태의 중도(重刀)가 모습을 드러냈다.

거의 팽항적의 몸집만큼이나 큰 칼이었다.

"내가 한 수 보여 주지. 그럼 생각이 달라질 게야."

추이가 뭐라고 하든지 관심 없이 자기 할 말만 하는 팽항적.

이윽고 그는 칼을 뽑아 든 채 뒤뜰 정원을 바라보았다.

"이 도의 이름은 '난자수참도(亂者須斬刀)'라 하지. 한때 동위(東魏)의 효정제가 북제(北齊)의 문선제에게 왕위를 넘겨줄 때 함께 물려주었던 명도(名刀) 중의 명도야."

팽항적의 시선이 다시 한번 추이를 향한다.

"지금 자네가 들고 있는 적혈도는 나의 수참도에 필적하는 명도일세."

"……."

"그럼 이 정도 수준의 명도로 무엇을 할 수 있는지, 내 보여 주지."

동시에. 팽항적은 커다란 대도를 머리 위로 치켜들었다.

그리고 이내.

…번쩍!

태산압정세(太山壓頂勢).

좌각좌수(左脚左手)에 힘을 주어 위에서 아래로 내리긋는 아주 단순한 일격.

콰콰콰콰콰콰콰쾅!

하지만 그 결과는 결코 단순하지 않았다.

칼끝에서 뻗어 나온 내력이 널따란 뒤뜰을 반으로 토막 내는가 싶더니 이내 균열을 중심으로 반경 십수 장의 땅거죽을 모조리 홀떡 뒤집어 버렸다.

마치 거대한 토룡 한 마리가 지하를 달리며 지상을 초토화시켜 놓은 듯한 광경이었다.

팽항적이 어떠냐는 듯 돌아보았다.

"고매한 무술 초식도 쓰지 않았고 내공도 자네 수준으로 억제했네. 그래도 이 정도야. 어떤가? 이제 그 칼을 녹일 생각 안 들지?"

"……"

추이는 입을 다문 채 말이 없다.

팽항적은 추이가 감동을 받아서 말을 잇지 못한다고 생각했다.

그래서 지금 이렇게 끌끌 웃으며 추이의 어깨를 토닥이는 것이다.

"처음에는 다 그렇지. 진짜 잘하는 것을 보지 못해서 그런 게야. 요즘 젊은이들은 참, 자신들의 짧은 견문으로 모든 것을 재단하는 경향이 있어. 그러면 안 돼. 만약 자네가 진심으로 도의 힘과 매력을 알았다면 내가 몇 수 가르쳐 줄 수도 있네. 어떤가? 그 대신 그 칼을 어떻게 얻었는지 내게 소상히 알려 주어야 하네."

하지만. 추이의 목소리는 여전히 완고했다.

"안 배웁니다."

"……뭐?"

팽항적은 자신의 두 귀를 의심했다.

그래서 얼떨떨한 표정으로 되물을 수밖에 없었다.

"왜?"

그리고 초토화된 뒤뜰을 눈앞에 둔 추이의 대답은.

"약해서."

이번에도 똑같았다.

오초지적(五招之敵)

"약해서."

추이의 말을 들은 팽항적의 표정이 일순간 멍해졌다.

아예 예상치도 못한 반응인지라 괜시리 자신의 두 귀만 의심해 볼 뿐이다.

하지만 추이의 표정은 역시나 태연했다.

"백일창(百日槍), 천일도(千日刀), 만일검(萬日劍)이라는 말이 있습니다."

창은 익히는 데 백 일이 걸리고, 도는 익히는 데 천 일이 걸리며, 검은 익히는 데 만 일이 걸린다는 뜻이다.

이 말은 주로 검(劍)이 얼마나 심오한 것인지에 대해 역설하는 용도로 쓰이나, 실제 전쟁터에서는 용례가 조금 다르다.

창을 백 일만 익혀도 천 일 동안 도를 익힌 자를 이길 수 있고, 만 일 동안 검을 익힌 자를 이길 수 있다.

그러니 병기 그 자체에 격이 있다면 창이 제일 위라는 뜻이다.

그래서 실제로 전장에서는 창을 압도적으로 많이 사용한다.

검이나 도는 그저 창의 보조일 뿐이다.

그리고 기왕 보조로 사용할 것이라면 차라리 작고 가벼워서 휴대가 편리하고 손 안에 착착 감겨 붙는 송곳이나 망치가 훨씬 낫다.

그래서 추이는 적혈도를 녹여서 송곳과 망치로 만들 생각이었다.

"도를 익히느라 구백 일을 낭비할 바에야 백 일간 창을 익히는 편이 낫겠지요. 또한."

"……."

어이가 없다는 듯 입을 반쯤 벌리고 있는 팽항적에게 추이는 쐐기를 박았다.

"같은 양의 내공이라면 내 쪽이 더 효율적일 것 같은데."

"지금 그 말은……."

팽항적의 이마에 옅은 핏줄이 섰다.

"젊은이. 자네가 나를 이길 수 있다는 건가? 내공의 양만 비슷하면?"

"내공의 양이 같다면 못 이길 것도 없습니다."

"허허. 어허허허허허―"

팽항적은 간만에 재미있는 농담을 들었다는 듯 어깨를 들썩였다.

바로 그때.

"이봐. 팽가 늙은이야."

누군가가 뒤에서 팽항적을 불렀다.

그곳에는 검왕(劍王) 남궁천이 웃는 얼굴로 서 있었다.

정도십오주의 최정점 둘이 한자리에 서 있는 것은 진귀한 광경인지라, 어느덧 그 주위로는 인파들이 구름같이 몰려들어 있었다.

도왕(刀王) 팽항적이 떨떠름한 표정을 지었다.

"으응. 남궁 노친네 왔는가."

"뭐 줏어먹을 게 있다고 젊은 애를 붙잡고 있는 게야?"

"아니 글쎄. 저 젊은이가……."

팽항적은 대략적인 사정을 남궁천에게 이야기했다.

그러자 남궁천 역시도 팽항적과 비슷한 표정을 지었다.

"그럼 실제로 한번 붙어 보면 되지 않나."

"역시 그렇지?"

남궁천이 추이를 바라보았다.

그가 짓는 미소가 어쩐지 의미심장하다.

"거기 씩씩한 젊은이. 말에는 늘 책임이 따르는 법일세."

"……"

추이는 입을 다문 채 대답을 하지 않았다.

그러자 남궁천은 고개를 돌려 팽항적을 바라보았다.

"아무리 같은 양의 내공만 쓴다고 하더라도 후배는 후배, 팽가 네놈이 수를 조금 양보하는 것은 어떠냐?"

"좋다, 남궁가 놈아. 대신 이것은 비무니까, 양보가 끝나면 나도 공격을 할 것이다. 내 얼마나 양보해 주면 되겠느냐?"

"으음……"

남궁천은 고개를 갸웃했다.

그러고는 은근슬쩍 추이를 향해 말했다.

"다섯 수를 양보하는 것은 어떻겠나?"

"……"

추이는 미간을 찡그렸다.

흐름이 어째 예전과 비슷하게 돌아간다.

단신으로 남궁세가를 습격한 뒤 도주하던 그날의 그 순간처럼 말이다.

그때.

"그 정도로는 양보가 안 되지."

팽항적이 별안간 어디론가 향했다.

그는 처마 밑에 있는 항아리 하나를 집어 들었다.

출렁─

지난밤에 비가 와서인지 항아리 안에는 물이 가득 차 있었다.

팽항적은 그 물동이를 머리 위에 올렸다.

"이 물동이에서 물이 한 방울이라도 쏟아진다면 내 패배다. 물론 다섯 수를 양보하고 난 뒤에는 나 역시 공격할 것이야."

"……"

"무기는 무엇으로 하겠는가?"

"이걸로 하겠습니다."

추이는 적혈도를 든 채 뒤뜰 중앙으로 향했다.

"허. 백일창 어쩌구 하기에 창을 들고 올 줄 알았더니."

팽항적은 재미있다는 듯 추이의 뒤를 따랐다.

구경하는 인파는 그새 더더욱 많아져 있었다.

"저 사람은 누구인데 도왕 님과 비무를 하지?"

"주작관의 서문경 부교관이라는데?"

"엥? 부교관 따위가 어떻게 도왕 님과?"

"나야 모르지. 변덕을 부리셔서 지도 대련을 해 주시는 게 아닐까?"

생도와 그들의 학부모를 비롯한 수많은 사람들이 추이와 팽항적의 비무를 구경한다.

남궁천은 뜻 모를 미소로 빙글빙글 웃었다.

"내가 심판을 봐 주지. 반칙을 하면 즉시 제재를 가할 걸세.”

“반칙할 게 뭐가 있나?”

“있지. 내공을 상한선보다 더 많이 쓴다거나, 다섯 수를 양보하기로 해 놓고 그 전에 공격을 한다거나.”

“나는 그런 짓 안 해.”

“글쎄. 과연 그럴까?”

“……?”

남궁천의 의미심장한 말에 팽항적이 고개를 갸웃한다.

이윽고. 비무가 시작되었다.

“다시 한번 말함세. 다섯 초식이야. 이 물 항아리에서 물을 쏟아 낼 수 있으면 자네의 승리고. 참고로 다섯 초식이 끝나면 나도 공격할 걸세.”

팽항적은 여유로웠다.

그가 손에 쥐고 있는 수참도(須斬刀)에서 시퍼런 예기가 뿜어져 나온다.

방어 자세를 취하고 있음에도 불구하고 공격을 해 오는 것처럼 느껴질 정도였다.

추이는 적혈도를 꽉 쥐고 자세를 바꿨다.

체중과 칼의 무게가 오로지 앞발의 엄지발가락에만 쏠리는 자세.

무거운 일격을 견인해 오는 과정의 첫 단계다.

츠츠츠츠츠츠츠츠……

추이의 몸에서 뜨거운 아지랑이가 뻗어 나오기 시작했다.

내공의 양이 그리 많지는 않았지만 꽤나 빠르고 격렬하게 휘몰아치고 있었다.

"오호? 제법……."

팽항적이 입을 열어 무슨 말을 하려고 하는 순간.

콰쾅!

추이의 체중과 칼의 무게가 앞발의 엄지발가락 끝에서 폭발하듯 분산되었다.

적혈도가 지면에 정확히 수직으로 떨어져 내린다.

-第一手-

첫 번째 일격이다.

그것은 깔끔하게, 마치 일직선으로 떨어져 내리는 벼락처럼 내리꽂혔다.

하지만.

틱-

적혈도의 칼끝은 물 항아리의 불룩한 허리 부분을 아주 살짝 긁어내는 것에 그쳤다.

팽항적이 결정적인 순간 몸을 뒤로 슬쩍 뺐기 때문이다.

콰-앙! 우지지지지지지직!

도가 떨어져 내린 여파로 주변의 흙들이 사납게 밀려났으나.

"후후후. 첫 번째 수는 지나갔다."

팽항적의 머리 위에 올라가 있는 물 항아리에서는 한 방울의 물도 흘러내리지 않았다.

하지만 추이는 아랑곳하지 않았다.

-第二手-

좌에서 우로, 마치 분노한 해일이 쓸려가듯이.

쌔애애애애애액!

추이의 적혈도가 지면과 수평으로 그어졌다.

쏜살같이 내달리는 한 줄기의 적도(赤道).

이 수에는 팽항적도 조금 놀랐다.

"……어?"

당황한 그가 본능적으로 칼을 들었다.

콰창!

좌에서 우로 내리그어진 적혈도가 수참도의 날에 비껴 맞았고 그대로 위로 튕겨 나간다.

남궁천이 낄낄 웃었다.

"흘흘흘…… 다섯 수를 양보한다더니 그 전에 칼을 쓰나?"

"닥쳐라, 남궁 노친네야. 내가 양보한다고 했지 칼을 아예 안 쓴다고 했더냐? 칼로 방어 정도는 할 수 있는 것 아니냐."

"그래~ 그래~ 우리 팽가 늙은이의 말이 다 맞다. 늙으면 애새끼가 된다더니……."

팽항적은 옆에서 깐족거리는 남궁천에게 무어라 쏘아붙이려 했다.

-第三手-

추이가 거침없이 세 번째 수를 놓지 않았더라면 틀림없이 그렇게 했을 것이다.

ㅊㅊㅊㅊㅊㅊ……

추이는 창귀들의 힘을 슬쩍 끌어올렸다.

과거 남궁천과 겨루었을 때에는 이올의 제이 층계에 불과했다.

그러나 지금은 무려 육혼의 제이 층계.

그때와는 감히 비교조차 할 수 없이 강해진 것이다.

쩌-엉!

사선으로 떨어져 내린 적혈도가 다시 한번 수참도의 날을 때린다.

참격은 비록 막혔으되.

"……!"

팽항적은 주변의 공기 전체가 대각선으로 잘려 나간 듯한 느낌을 받았다.

마치 이 세상이 통째로 절단되어 미끄러지는 듯한 어지러움이 든다.

'내 내공에 진창을 쳐 놔?'

칼과 칼이 맞부딪쳐서 생겨나는 진동.

그 파동에 내공을 담아 울려 퍼지게 만들어 상대방의 평행감각을 교란시키는 기술.

한평생 아수라장만 쫓아다니며 도를 휘둘러 온 팽항적이나 되어야 이해하고 간파할 수 있는 수였다.

'어디서 이런 괴물 같은 놈이…….'

순간, 추이의 적혈도가 빠르게 움직였다.

위에서 아래로 내리긋는 궤도와 좌에서 우로 빗겨 긋는 궤도가 한 점에서 만났다.

-第四手-
-第五手-

두 번의 연격이 한꺼번에 번쩍 번쩍 몰아쳐 왔다.

팽항적은 직감했다.

이것은 못 피한다.

물 항아리를 포기하거나, 내공을 상한선 이상으로 끌어올려야 한다.

그러지 않는다면…….

'죽는다!'

팽항적의 이마에 처음으로 식은땀 한 방울이 배어나고 있
었다.

하지만.

'차라리 죽여라!'

궁지에 몰리면 이판사판 들이박는 것이 팽항적의 성격이
었다.

그는 시뻘겋게 중첩되는 두 줄기의 참격을 앞두고 수참도
를 회전시켰다.

빙글―

몸을 팽이처럼 회전시키며 아래에서 위로 올려치는 참격.

이것으로는 상대의 참격을 막아 낼 수 없지만 적어도 궤도
를 비틀어 놓을 수는 있다.

만약 궤도가 동서남북 중 동쪽, 남쪽, 북쪽으로 쪼개져 튕
긴다면 팽항적은 진다.

물 항아리에서 물이 흘러나오는 것 정도가 아니라 항아리
자체가 아주 개박살 날 것이다.

……하지만. 하지만 만약 운이 좋아서 참격의 궤도가 서쪽
으로 튄다면?

그렇다면 팽항적에게도 아직 기회가 있다.

비록 참격에 옷이 좀 찢기고 핏방울이 살짝 튀기야 하겠지
만 어쨌든 머리 위의 물 항아리에서는 물이 쏟아지지 않을

것이다.

'제발!'

팽항적은 사분지일(四分之一)의 기적을 바라며, 간절한 마음
으로 추이의 참격을 맞받아쳤다.

바로 그 순간.

…파캉!

도기(刀氣)가 도기(陶器)처럼 서로 부딪쳐 깨졌고, 그 파편들
이 사방으로 튀기 시작했다.

그리고 이내.

'됐다!'

팽항적은 기적이 일어났음을 직감했다.

참격의 궤도는 대부분 서쪽으로 꺾였다.

이것은 팽항적이 의도한 바가 아닌, 순전한 우연.

하지만 고수들 간의 전투에서는 운조차도 능력이다.

타고난 행운과 그것을 믿고 목숨을 걸 수 있는 배짱 덕분
에, 팽항적은 무사히 추이의 칼에서 벗어날 수 있었다.

비록 왼쪽 옷소매가 뜯기고 팔에 긴 상처가 남기는 했지만
말이다.

뚝- 뚝- 뚝-

팽항적의 왼손에서 붉은 생피가 떨어져 내린다.

그것을 본 군중들은 하나같이들 다 경악한 기색이었다.

"……"

"……."

"……."

입에 흙먼지가 꽉 찼지만 도저히 다물지를 못하겠다.

팽항적이 누구인가?

그는 도왕(刀王).

천하제일인에 가장 가깝다고 알려져 있는 정도십오주의 지존들 중 하나이며 검왕의 하나뿐인 호적수이다.

이전 세대, 구무협(舊武俠)의 상징으로 군림했던 무패의 제왕에게 상처를 입히다니, 피를 보게 만들다니, 어떻게 이런 것이 가능하다는 말인가?

……하지만. 정작 이 상황을 만들어 가고 있는 두 칼잡이는 군중들의 반응을 전혀 염두에 두고 있지 않았다.

'간만에 이런 비무도 꽤 괜찮군. 좋은 실전 경험이다.'

추이는 도왕 팽항적의 힘과 기술, 기세를 최대한 기억하려 애썼다.

한 번 본 것은 결코 잊지 않는 비상한 기억력이 팽항적의 모든 정보를 심상세계에 저장한다.

'정체를 드러낼 정도로 열심히 싸울 필요까지는 없지만…… 이 시점에서는 차라리 적당히 힘을 보여 주는 편이 낫겠지.'

추이는 곧 다가올 정도회맹과 황실비무연에서 벌어질 일들을 생각하며 앞으로의 계획을 짰다.

그리고 그것을 위해서라면 지금부터 슬슬 위명세를 높여 갈 필요가 있다고 판단했다.

어느 정도 힘을 드러내야 하는 상황.

그런 면에서 오늘 팽항적과의 비무는 꽤나 괜찮은 화젯거리였다.

……한편.

후두둑— 후둑— 뚝—

팽항적의 왼손에서 뿜어져 나오던 선혈이 이내 멎어 버렸다.

그의 두 눈에서는 흘러넘치는 생기가 줄줄 뿜어져 나오고 있었다.

"다섯 수를 다 썼구나, 아해야."

말투부터가 바뀌었다.

지금껏 기세를 억누르느라 근질근질했다는 듯한 태도.

팽항적의 머리 위 물동이에서는 아직 한 방울의 물도 떨어지지 않았고, 양보받기로 했던 다섯 수는 모두 소진했다.

……하지만 그럼에도 불구하고 추이의 표정은 태연하다.

예전 같았다면 어떻게든 도망칠 방법을 궁리했겠으나.

"갑니다."

육혼의 경지에 오른 지금은 굳이 그럴 것 없다는 것이 추이의 판단이었다.

서문경과 팽항적의 비무.

그것을 바라보는 관중들의 반응은 처음까지만 해도 거의 다 비슷했다.

"뭐 하는 놈이기에 도왕님께 가르침을 받지?"

"키도 작고 얼굴도 흉측하구만. 별 볼 일 없어 보이는 작자인데?"

"들어보니 등천학관에서 일하는 교관 보조라는군. 이름이 서문경이라나?"

"그런 이름도 처음 들어 보네만. 어찌 저런 무명소졸이 천하의 도왕 어르신과 비무를 벌이게 되었느냐, 이 말이야."

그중에는 서문경을 부러워하는 이들도 상당수 있었다.

"내 생각은 이래. 아마 저 치가 혼자서 무식하게 무공 수련을 하고 있으니, 지나가던 도왕 어르신이 그 꼴을 보다 못해 한 수 가르쳐 주시는 것이지."

"나만 해도 옆에서 누가 한심하게 헛발질을 하고 있으면 몇 마디 훈수쯤은 해 줄 것 같거든."

"부럽다. 나도 도왕 님께서 지도 대련을 해 주셨으면 좋겠다. 내가 저놈보다 더 열심히 들을 자신 있는데."

"꿈 깨라. 그런 건 일생에 한 번 올까 말까 하는 기연이라고. 저놈 운수가 대박인 게지."

그 누구도 서문경과 팽항적이 대등하게 겨루는 것이라고 생각하지 않았다.

그저 팽항적이 서문경에게 가르침을 내리는 것 정도로 이해하는 분위기였다.

아랫것에게 인심 한번 쓰듯이 말이다.

한편. 군중들 속에는 서문경을 향해 걱정의 눈길을 보내는 이들도 있었다.

'……어떡하지.'

그중 가장 마음이 타들어가고 있는 이는 단연코 사마여리였다.

'어쩌다가 저런 상황에 처하신 걸까.'

그녀는 혹시나 서문경이 다칠까 봐 노심초사 안절부절 못하고 있었다.

어떻게든 뛰어들어 서문경을 돕고 싶었지만 상대가 도왕 팽항적이니 그러기도 힘들었다.

더군다나 서문경 본인이 저리 당당하지 않은가.

스승은 정작 가만히 있는데 제자인 자신이 끼어드는 것도 우스운 일이다.

'만약 서문경 부교관님께서 험한 일을 당하신다면…… 그땐 내가 자퇴를 하는 한이 있더라도 막겠어.'

사마여리는 모든 이들이 보는 앞에서 서문경을 감싸 안을 자신이 있었다.

어차피 오래전에 끝났어야 할 학관 생활, 빛과 나무가 되어 준 그 덕분에 여기까지나마 올 수 있었던 것이 아닌가.

사마여리의 가슴속에는 오래전부터 사제지간의 정을 뛰어넘는 다른 감정이 자라고 있었고, 그녀는 지금에서야 그 사실을 자각할 수 있었다.

……그런데.

사마여리의 비장한 각오가 무색하게도, 상황은 전혀 다른 방향으로 흘러가고 있었다.

"어어어? 뭐야? 저, 저거 뭐야!?"

"빠, 빠르다. 칼 휘두르는 게 안 보였어."

"……자네 저런 거 피할 수 있겠나?"

"도왕 님도 못 피하셔서 칼 쓰셨잖나."

이내 서문경이 칼을 휘두르자 관중들의 태도는 단숨에 뒤바뀌었다.

대기를 쪼개 버리는 파공성.

그것을 맞받아친 팽항적의 옷소매가 갈가리 찢어진다.

팽항적이 서문경이 휘두르는 칼에 쩔쩔매는 듯한 모습을 보이자 뒤뜰의 분위기 전체가 완전히 달라졌다.

"대등해! 대등하다고! 대등하게 겨루고 있어!"

"세상에! 지금 봤어? 도왕 님께서 피, 피를 흘리고 계신다!"

"저 사람 대체 누구야? 응? 외부인이야?"

"등천학관 주작관에 있는 서문경 부교관이랍니다!"

"부교관? 저, 저 정도 실력자가? 그것도 주작관에? 아니, 이게 대체 무슨 일이야!"

사마여리 역시도 군중들 사이에 섞여 두 손을 모았다.

'역시 부교관님이야! 다 믿으시는 바가 있었구나!'

그리고 그 '믿는 바'라는 것은 바로 자신의 실력이리라.

'멋있어⋯⋯.'

사마여리는 도왕 팽항적을 상대로 조금도 물러서지 않은 채 칼을 쓰는 서문경의 뒷모습을 바라보았다.

실로 많은 감정이 담긴 시선이었다.

 ⁂

"다섯 수를 다 썼구나, 아해야."

팽항적의 말투는 평온하다.

하지만 뿜어져 나오는 기세는 완전히 바뀌었다.

지금까지는 방어를 위해 기세를 숨겼다면 이제는 공격을 위해 기세를 드러낼 차례.

쿠-오오오오오오!

전신에서 흘러넘치는 공력이 몸뿐만 아니라 칼등 위로도 아른아른 피어오르고 있다.

저 살기(殺氣)에 닿는 것만으로도 찢어 발겨져 죽지 않을까 싶은 착각이 일 정도.

하지만 그 강맹한 기운을 눈앞에 두고도 추이는 한 점의 흔들림조차 보이지 않는다.

"갑니다."

추이는 적혈도를 가로로 뉘인 채 말했다.

팽항적의 기세는 저렇게 대단하지만, 기실 저것은 허장성세다.

왜냐하면 동원할 수 있는 내력의 상한선은 서로 동등하기 때문이다.

팽항적은 추이가 발산하는 내공 이상의 내공을 사용할 수 없다.

그렇기에 저렇게 엄청난 기세를 뿜어내는 것은 그저 상대의 기를 죽이기 위한 허초.

"후후후- 같은 내공이라도 어떻게 운용하느냐에 따라 다양한 결과를 낼 수 있지. 아해야, 이건 어떠냐?"

하지만 마냥 허초라고 볼 수는 없는 것이, 호랑이가 한 번 울부짖으면 그것만으로도 놀라 죽는 토끼들이 생기기 마련이다.

쿠-으으으으으으으으으!

팽항적이 본격적으로 기세를 뿜어내자 주변에 있던 군중들 중 몇몇이 거품을 물고 졸도했다.

한편.

"⋯⋯."

추이는 눈앞에 있는 도왕에게 다른 두 인물을 겹쳐 보고 있었다.

거력패도 도막생, 호북제일도 도좌철.

이 두 부자의 창귀가 추이의 양옆에서 투지를 불태우고 있다.

도(刀)의 길을 걷는 무인으로서 갖는 호승심.

그것이 이 부자로 하여금 기묘한 상호작용을 일으키고 있었다.

추이는 평소와 달리 유독 내력을 많이 방출하고 있는 이 두 마리의 창귀를 데리고 전투에 임하기로 했다.

'하지만 딱히 비집고 들어갈 틈이 없군.'

추이의 앞에 있는 팽항적은 실로 완벽한 공수일체의 자세를 취하고 있다.

심지어 숨을 쉬고 칼을 고쳐 잡는 동안에도 머리 위에 있는 물동이에는 한 점의 흔들림도 없었다.

"허허허ー 아해야. 노부의 기세를 맞받고도 흔들림이 없는 점 하나는 칭찬할 만하나. 너는 이 항아리에서 한 방울의 물도 덜어낼 수 없을 것이다."

동시에, 팽항적이 움직이기 시작했다.

그를 도왕이라 불리게 만든 무공이 모든 군중들 앞에서 펼쳐졌다.

오호단문도(五虎斷門刀).

하북팽가를 대표하는 성명절기.

극성을 넘어 초극성에 이른 오호단문도가 주변의 대기를 다섯 조각으로 쪼개 버린다.

백호도간(白虎跳澗). 흰 호랑이가 드넓은 강을 뛰어넘는 듯한 초식.

팽항적의 칼이 푸르스름한 빛이 도는 백색의 기운을 흩뿌린다.

"……."

추이는 머리를 옆으로 젖혀 팽항적의 수참도를 피했다.

"오. 이걸 피해?"

팽항적의 눈에 이채가 어린다.

그는 즐거움을 숨기지 못하고 양쪽 입꼬리에 내비쳤다.

맹호하산(猛虎下山). 무시무시한 범이 산에서 뛰어내려오는 기세 그대로 팽항적의 칼이 내리꽂힌다.

쩌-엉!

추이는 적혈도를 들어 팽항적의 칼을 막아 냈고 이내 비스듬하게 비껴 쳐 냈다.

"제법이다만!"

팽항적은 튕겨 나간 칼을 그대로 뒤로 물렸고 몸을 반대쪽으로 회전시키며 곧바로 다음 초식을 전개했다.

일소풍생(一嘯風生). 칼날이 지면을 옆으로 쓸면서 마치 자연재해와도 같은 광풍과 흙먼지를 일으킨다.

추이는 발목을 절단할 듯 휘둘러지는 수참도를 피해 껑충 뛰어올랐다.

그리고 그것이 팽항적이 진짜로 노리던 바였다.

복상승사(伏象勝獅). 아래에서 위로 뻗어 나가는, 마치 상아와도 같이 예리한 도기가 추이의 배를 관통할 듯 솟구쳐 올렸다.

퍼-엉!

추이는 아무것도 없는 허공을 박차며 공중제비를 돌았다.

부-우우웅!

추이의 옆구리를 스치며 날아간 참격이 하늘에 거대한 이변을 일으켰다.

광활한 구름의 바다가 소리 없이 두 갈래로 쪼개져 벌어진다.

모든 군중들이 그 절경을 멍하니 올려다보고 있을 때.

"끝이다."

팽항적은 최후의 일격을 준비하고 있었다.

웅패군산(雄覇群山). 산에 군림하는 제왕의 일격이 날아든다.

거기에는 아까 전에 추이가 휘둘렀던 참격의 힘까지 아직 고스란히 남아 실려 있었다.

'이건 절대로 못 피한다.'

팽항적은 속으로 웃었다.

승부는 여기서 끝났다.

힘과 속도를 모두 갖춘 이 일격은 막거나 피하는 것이 불가능하다.

그래서 팽항적은 이 칼을 정확히 상대방의 이마 앞에서 멈출 생각이었다.

이로써 대선배의 힘과 위용을 제대로 보여 주고 도(刀)의 도(道)가 얼마나 깊고 심오한 것인지 깨우치게 만들겠다는 계획.

……하지만.

촤—악!

순식간에 시야에서 사라져 버리는 추이를 보며, 팽항적은 무언가가 잘못되었음을 느꼈다.

픽—

마치 촛불처럼 꺼져 버린 추이의 몸.

그 자리에는 붉은 바람과 함께 짙은 피비린내만이 남아 감돌 뿐이다.

이윽고, 추이는 팽항적의 머리 위로 날아오르듯 비상하여 건너편 누각 위로 착지했다.

…탁!

그 모습은 마치 학 한 마리가 우아하게 내려앉는 듯한 모습과 같았다.

'되는군.'

추이는 방금 전에 자신이 펼친 경공술을 떠올렸다.

혈학익(血鶴翼).

토법고로에서 홍공이 쓰던 신묘한 경공술이다.

추이는 쫓기는 와중에도 홍공이 호흡하는 순서와 양식, 발이 움직이는 위치와 각도들을 유심히 봐 뒀던 것이다.

'완전히 똑같지는 않지만 얼추 비슷하게 흉내는 낼 수 있겠다. 이것 역시도 나락노야의 나찰장과 함께 부지런히 연습해야겠군.'

홍공이 만약 추이의 생각을 알았다면 기가 막혀 분통을 터트렸을 일이다.

……한편. 혈학익이라는 경공술을 처음 보는 팽항적으로서는 그저 황당할 수밖에 없었다.

"아해야. 경공 하나만큼은 네가 나보다 잘난 것 같구나."

팽항적은 순순히 인정했다.

그리고 이것은 둘의 비무를 지켜보고 있던 관중들에게 엄청난 충격을 가져다주었다.

"드, 들었어?"

"어? 너도 들었어? 그럼 내가 방금 들은 게 맞는 거야?"

"도왕님께서…… 경공으로는 밀리신다고? 고작 등천학관의 부교관 따위에게?"

"하, 하지만 방금 실제로 도왕님의 공격은 전부 빗나갔잖아."

"저 사람…… 등천학관에서도 경공을 주로 가르쳤다는
데?"

"아니, 대체 정체가 뭐야?"

하지만 군중들의 시선 따위는 하등 중요치 않다.

추이는 적혈도를 짧게 쥔 채 가로뉘었다.

어느 순간부터 말도 짧아졌다.

"이젠 내 차례로군."

"……뭐라?"

"다섯 수. 갚았다."

"!?"

팽항적의 입이 또다시 반쯤 벌어졌다.

방금 전까지 팽항적이 보여 주었던 오호단문도의 다섯 초
식.

그러고 보니 추이 역시도 이것을 피하기만 했을 뿐, 딱히
치명적인 공격을 해 오지는 않았던 것이다.

"허허— 어허허허허허……."

팽항적은 웃었다.

이렇게 재미있는 비무를 하는 것은 근 이십여 년만에 처음
이다.

'어디서 이런 팔팔한 놈이 튀어나왔을꼬?'

그는 추이를 길러낼 수 있을 법한 고수들을 몇 생각해 보
았지만 딱히 짚이는 구석이 없었다.

무엇보다 추이가 사용하는 무공들은 하나하나가 처음 보는 것들이었으니 더더욱 그랬다.

'……그나마 비슷한 것이 무당의 제운종(梯雲從)과 개방의 아구분포(餓狗奔跑)인데, 저 녀석의 발재간은 그보다도 뛰어난 것 같군.'

팽항적은 추이가 사용하던 경공을 떠올리며 고민에 빠졌다.

하지만 지금은 비무 중이다.

언제까지고 생각만 하고 있을 여유는 없었다.

팽항적은 생각을 거두고는 칼을 사선으로 뉘였다.

"무림에 은거기인이사(隱居奇人異士)들이 많기는 많은가 보이. 다 처음 보는 무공들이라 당최 자네의 사문을 짐작할 수가 없어."

팽항적은 추이가 휘두르는 칼날을 바라보며 말했다.

그때, 추이의 입이 열렸다.

"그렇다면 알 만한 것을 보여 주지."

"……?"

팽항적의 눈에 의문의 빛이 감도는 찰나.

키리릭―

추이가 휘두르는 도의 궤적이 변화했다.

그리고 그 궤적은 팽항적에게도 매우 익숙한 것이었다.

…후욱!

그것을 보는 순간, 도왕 팽항적은 순간적으로나마 떠올리고 말았다.

'거력패왕도(巨力覇王刀)!?'

일생에 단 한 번 겪었던 수모, 젊었던 옛날의 패배를.

꼴꼴

육혼(戮渾)의 층계.

이때부터는 굴각(屈閣)과 이올(彝兀)의 층계에서는 상상조차 하지 못할 특이한 이능들이 많아진다.

피의 독성에 다채로운 효과가 추가되는 것 외에도 창귀들을 보다 더 자유롭게 부릴 수 있거나 심상 속의 공간에서 그들과 무한대의 생사결을 벌일 수 있다거나 하는 것 말이다.

지금 추이가 창귀들의 성명절기를 끌어다 쓰고 있는 것 역시도 그러한 이능들 중의 하나였다.

쿠르르르륵!

심상뇌옥 속에 갇혀 있던 창귀들이 핏빛의 쇠사슬에 목줄이 채워진 채로 끌려 나왔다.

현재 추이는 두 마리의 창귀를 부리고 있었다.

거력패도 도막생, 호북제일도 도좌철.

이 두 절정급의 창귀는 각각 추이의 오른팔과 왼팔에 들러붙은 채 적혈도의 감각을 느낀다.

두 칼잡이가 평생에 걸쳐 다뤄 왔던 것이 바로 이 적혈도이다.

'힘과 기세는 도막생의 것을, 빠르기와 정교함은 도좌철의 것을 끌어다 쓰면 되겠군.'

이윽고, 두 창귀가 살아생전 가장 자신있어하던 검술이 시전되었다.

거력패왕도.

한낱 사파의 중소문파였던 패도회를 호북성 최강의 사파로 만들어 주었던 오의.

하북팽가의 오호단문도(五虎斷門刀)와 비교해서도 그리 뒤떨어지지 않는 패도적인 도법이 추이의 손에서 완벽하게 재현되었다.

"아니 이게 대체……?"

그리고 그것을 눈앞에서 보고 있는 도왕 팽항적은 영문을 알 수 없다는 듯 눈을 크게 치뜰 뿐이다.

키리릭-

당황한 팽항적은 순간적으로 칼을 물렀다.

상대방의 무공이 가진 힘과 빠르기를 익히 알기 때문이었다.

…출렁!

마음이 동요했음일까?

팽항적의 머리 위에 올라가 있는 물동이에서 처음으로 물결이 일었다.

그도 그럴 것이, 추이가 펼치는 거력패왕도는 도막생이나 도좌철에 비교해서도 전혀 뒤떨어지지 않는다.

창귀가 살아생전 펼치던 무공을 똑같이 재현하거나 혹은 그 이상의 결과를 만들어 내는 것.

당연하게도 육혼의 제이 층계에 오른 것에 대한 특전이었다.

'다루는 창귀보다도 영격(靈格)이 떨어지면 놈들을 제대로 다룰 수 없지. 심상비무를 부던하게 해 오기를 잘했다.'

안 그래도 평생 창을 쓰다가 그 초식들을 도에 적용하고 있으니 영 답답하고 어설펐다.

하지만 그것을 거력패왕도의 사이 중간중간에 틈틈이 끼워 넣다 보니 천천히 적응이 되기 시작했다.

여모귀재주만곡(女貌鬼才朱萬斛), 흑풍인패하요대(黑風引敗下瑤對), 참월장성금옥(斬月狀成金屋), 도광암영파천지(刀光暗映破天地), 점단만물천상복(占斷萬物天上福), 영웅풍류무쌍서(英雄風流無雙壻)……

거력패왕도의 초식은 물 흐르듯 거침없다.

그리고 그 중간중간에 추이가 적혈도를 창처럼 내뻗는, 극도의 실전성이 가미된 살초(殺招)들이 가미된다.

독룡출동(毒龍出洞), 최벽파견(催壁破堅), 오룡패미(烏龍擺尾), 춘뢰진노(春雷震怒)……

일절(一载), 아진(二進), 삼란(三攔), 사전(四纏), 오나(五拏), 육직(六直)이 자연스럽게 연계되며 좌에서 우로, 우에서 좌로, 나(拏)의 묘리를 구현해 낸다.

이 흐름의 유일한 단점인 '힘의 부족'은 거력패왕도의 강맹한 기세로 메꿨다.

깊게 찌르고, 발을 자주 놀리며, 빠르게 추격하여, 세게 참(斬)한다.

쩌-엉!

팽항적의 수참도와 추이의 적혈도가 맞부딪치며 귀 아픈 비명을 토해 냈다.

까가가가가가각!

적혈도가 수참도의 날을 긁고 지나가며 무수한 불똥을 뿌린다.

"……! ……! ……!"

팽항적은 미쳐 버릴 것 같았다.

바로 호기심 때문에 말이다.

'이 녀석, 허풍이 아니었다. 정말로 내공량만 받쳐 준다면 나와 대등하게 겨룰 수 있을지도 모르겠어.'

고수가 하수와 겨룰 때는 단지 내공의 양만이 중요한 것이 아니다.

실전 경험.

그러니까 적당한 순간, 적당한 장소로, 적당한 속도에 맞추어, 적당한 판단을 내리는 이 모든 것들에서 차이가 나기 마련이다.

하지만 추이의 노련함은 팽항적과 비교해서 딱히 뒤떨어지지 않고 있었다.

물론 팽항적이 머리 위에 물동이를 이고 있기는 하지만 이걸 내려놓는다고 해서 딱히 더 유리해질 것 같지도 않다.

'……대체 누가 이 아이를 길러냈단 말인가? 패도회일 리는 절대 없다. 만약 이 녀석이 패도회에 있었더라면 패도회는 이미 제갈세가를 누르고 무당파와 패권 다툼을 벌이고 있었을 테니까.'

'혹시 패도회가 멸문 직전까지 감추어 키웠던 비밀 병기가 아닐까?'라는 생각도 잠시 들었지만 그것은 현실성 없는 이야기였다.

한편. 추이 역시도 감탄하고 있었다.

'대단하군.'

상대는 도왕 팽항적.

구무협의 모든 풍파와 전란을 이겨 내고 버텨 온 거목 중의 거목이다.

과연 살아 있는 전설답게, 추이의 공격은 팽항적에게 하나도 먹히지 않고 있었다.

더군다나 그의 머리 위에 올라가 있는 물 항아리 역시도 출렁거리기는 하나 아직 한 방울의 물조차 밖으로 토해 내지 않고 있는 것이다.

'지금의 나로서는 전력을 다해도 이길 수 없겠지. 그 점은 분명하다.'

팽항적에게서는 홍공을 처음 마주했을 때와 같은 위압감이 뿜어져 나오고 있었다.

만약 팽항적이 이쪽 수준에 맞추어 내공량을 제한해 주지 않았더라면 벌써 애초에 승부가 났을 것이다.

……그러나 추이에게도 아직 이길 방법이 남아 있었다.

"팽 선배."

"?"

지금껏 반말을 일삼던 추이가 선배라는 호칭을 쓰자 팽항적의 표정이 바뀌었다.

"뭐냐? 설마 여기서 무승부로 하자는 것은…….."

"그게 아니라. 이대로면 무의미한 시간만 길어지오."

추이는 팽항적의 말을 싹둑 잘라 버렸다.

그리고 그 말을 들은 군중들은 크게 수군거리기 시작했다.

"시간낭비라니…….."

"우리는 하루 종일도 볼 수 있어요!"

"도왕님의 가르침은 한 수만 받아도 영광인 것인데…….."

"제발 조금 더 해 주십시오! 뭔가, 뭔가 깨달을 것 같단 말입니다, 제발!"

몇몇은 추이를 향해 멀리서 애걸복걸할 정도였다.

하지만 팽항적은 고개를 끄덕여 추이의 말에 동의했다.

"후후후— 그것은 그렇다. 이대로 가면 소모전일 뿐이지. 그리고 결과는 아마 팔 할가량 너의 패배일 것이고."

"그것은 승부를 하기로 해 놓고 서로 아무것도 안 하고 있다가 한쪽이 늙어 죽어 승리를 거두는 것과 다를 게 없지. 그렇게 이겨서 무얼 하시려오?"

"과묵한 줄 알았는데, 의외로 혀가 길구나?"

팽항적은 칼을 가로뉘었다.

"그래서. 뭘 하자는 거냐?"

"단숨에 승부를 냅시다. 서로 가장 강한 초식으로, 모든 내력을 담아서."

"오호—"

추이의 말에 팽항적은 뜻밖이라는 듯한 표정을 지었다.

"그럼 네가 질 확률이 구 할이 되는데?"

"일 할이나 이 할이나 그게 그거요."

"큭큭큭— 그 말도 맞다."

팽항적은 즐거워 미치겠다는 듯 미소 지었다.

간만에 이렇게 팔팔한 상대와 겨룰 수 있게 되었는데 그 상대가 까마득한 강호말학(江湖末學)이라니.

무료하고 평탄하게 지나가던 일상에 한 줄기 신선한 자극이라 아니할 수 없는 노릇이다.

"좋다. 내 가르침을 내려 주마. 단, 한 가지만 약속해라."

"뭐요."

"이 승부에서 내가 이긴다면 너는 내가 궁금해하는 모든 것들을 토설해 놓아라. 가령 적혈도를 어디서 얻었는지, 패도회랑은 무슨 관계인지, 어느 스승 밑에서 수학했는지, 뭐 그런 것들 말이다."

"알겠다."

추이는 흔쾌히 고개를 끄덕였다.

그러고는 말을 이었다.

"하면."

"응?"

"내가 이길 경우에는?"

"……."

추이의 질문을 들은 팽항적은 순간 대답할 말을 찾지 못했다.

질 것이라는 생각을 조금도 하지 않았기에 그렇다.

이윽고, 팽항적은 미간을 찡그린 채 수염을 쓸었다.

"좋다. 하북팽가에는 이런 말이 있지. 무릇 사내라면 은혜는 세 배로, 원수는 열 배로 갚아라."

"……."

"만약 이 승부에서 네가 이긴다면, 그리고 그것이 실전이었다면, 너는 내 목숨을 거두어 가는 것이나 진배없다."

"……."

"그렇다면 네게 목숨을 하나 빚지는 셈이니 그것을 세 배로 갚으면 되겠지."

팽항적은 손가락 세 개를 펼쳐 보였다.

"네가 어떤 상황에 있든 간에 내가 너를 세 번은 구해 주마."

"알겠다."

추이는 고개를 끄덕였다.

이윽고, 둘은 자세를 낮추고 칼을 왼쪽 역수로 쥐었다.

힘이 실린 오른손이 칼 손잡이를 말아 쥐고는 발도(拔刀) 직전의 자세를 취했다.

누가 먼저랄 것도 없는 일이었다.

둘은 서로를 향해 남은 내공을 모조리 끌어모아 내던졌다.

오호단문도 최강의 초식,

'일도단문(一刀斷門) 일도단혼(一刀斷魂)'.

이것의 궤적이 팽항적의 난자수참도의 칼끝에서부터 그려진다.

동시에, 추이 역시도 거력패왕도법의 진수를 끌어냈다.

'역발산기개세(力拔山氣蓋世) 건곤일척(乾坤一擲)'.

힘은 가히 태산을 뽑을 만하고 기운은 넘쳐 세상을 뒤덮을 만하다.

한 걸물이 몸 전체를 던져 내 하늘인지 땅인지를 결정하는, 그야말로 최후의 최후를 장식할 만한 일수(一手).

'너를 죽이고. 내 아들을 구하리라.'

도막생의 비장한 목소리가 귓가에 들려오는 것 같다.

그는 젊었던 시절, 바로 이 수로 도왕 팽항적을 꺾었던 것이다.

그리고 그 초식을 알아본 팽항적이 두 눈을 부릅떴다.

"젊은 날의 쓰라린 기억을 마주하게 되니 감회가 새롭구나. 하지만 같은 수에 두 번 당하지는 않을 것이다!"

그 말이 끝이었다.

구름처럼 운집해 든 관중들의 정중앙에서 오호단문도와 거력패왕도가 맞붙었다.

…번쩍!

양측이 띄운 최후의 승부수.

그 결과는.

콰콰콰콰콰콰쾅!

추이가 엄청난 기세로 나가떨어지는 것으로 끝났다.

석탑 하나와 석등 열여섯 개가 박살 나며, 추이가 땅바닥을 데굴데굴 굴렀다.

실로 비참한 결말이었다.

결국 추이는 누각의 한쪽 벽면에 깊게 처박히고 나서야 겨우 멈출 수 있었다.

"후후후. 그것 봐라. 내 승리가 구 할이라고 하지 않았…… 응?"

칼을 내뻗은 팽항적은 맨 처음 의기양양한 표정을 짓고 있다가 이내 아차 싶어 고개를 들었다.

"……."

"……."

"……."

"……."

수많은 군중이 이쪽을 쳐다보고 있었다.

나이 많은 노선배가 까마득한 무림말학과 싸우다가 온 힘을 다해 그를 날려 보내 처참한 몰골로 만들어 버린 이 상황을 말이다.

"아, 아니 나는……."

군중들의 시선에서 은근하게 묻어나는 비난의 기색에 팽항적은 당황했다.

그때, 남궁천이 혀를 끌끌 차며 말했다.

"이겨서 좋겠다. 살아온 세월의 차이가 한 갑자는 족히 차이 날 텐데. 까마득한 후배와 필사적으로 혈전을 벌이는 모습이 참으로 보기 좋아."

"지, 지랄 마라! 남궁 놈아! 나에게도 사정이 있었어!"

팽항적이 목소리를 높여 반박했다.

"연습은 실전처럼! 실전은 연습처럼이라는 말도 모르느냐! 나는 여느 때처럼 실전처럼 했을 뿐이고, 게다가 저 녀석이 사용하는 도법에는 결코 질 수 없는 사연이 있었다!"

뻔뻔하게 나가기로 한 팽항적.

어찌 되었든 간에 이것은 공평한 조건에서 행한 비무이니 그에게는 핑곗거리가 있다.

"승리는 모든 것을 정당화한다! 패자의 힐난은 그저 넋두리에 불과……."

하지만 그는 말을 끝까지 이을 수 없었다.

졸졸졸졸……

어디선가 들려오는 작은 물소리가 그의 귓가를 차갑게 적셨기 때문이다.

졸졸졸졸졸졸졸졸……

팽항적은 이마와 귀, 나아가 목덜미까지를 축축하게 적셔 오는 차가운 물에 퍼뜩 놀라 시선을 위로 올렸다.

적혈도가 보인다.

그것은 칼끝의 뾰족한 부분만 부러져 남은 채로 박혀 있었다.

팽항적의 머리 위에 있는 물 항아리 정중앙에 말이다.

졸졸졸졸졸졸졸졸졸졸졸졸……

지금 팽항적의 머리와 몸을 흠뻑 적시고 있는 물은 바로 그 균열에서부터 새어 나오고 있었던 것이다.

졸졸졸졸졸졸졸졸졸졸졸졸……

물 항아리의 허리에 난 균열이 점점 더 커질수록 물이 더 많이 새어 나온다.

물동이는 도왕 팽항적의 전신을 홀딱 젖게 만들었고.

쩌-억! 파사사삭-

결국 산산조각 나 떨어지고 말았다.

…땅그랑!

적혈도의 부러진 끝이 바닥에 떨어졌다.

팽항적은 그것을 보며 오싹한 소름을 느꼈다.

만약 자신이 가솔들처럼 키가 조금 더 컸더라면, 그래서 물동이가 있는 위치에 얼굴이 있었다면.

그렇다면 저 부러진 칼끝이 박혀 있는 곳은 물동이가 아니라 자신의 이마였을 것이다.

이렇게 철철 흘러나온 것도 물이 아니라 피와 뇌수였으리라.

한편, 검왕 남궁천은 옅은 미소를 띤 채 그 광경을 바라보고 있었다.

"등천학관의 미래가 밝구만. 도왕을 이길 정도의 고수가 부교관으로 있으니 말이야."

"뭐라? 이기긴 뭘 이겨!?"

"네가 졌잖냐, 팽가 늙은이야. 옷이 홀딱 젖어서 비 맞은 생쥐 꼴이구나. 끌끌끌……."

남궁천의 힐난이 팽항적에게 다시 한번 현실을 일깨워 준다.

졌다. 모든 사람들이 보는 앞에서. 그것도 수십 년 전과 똑같은 무공, 똑같은 초식으로.

"말도 안 돼. 허허…… 이거 참…… 도무지 믿을 수가 없구면."

팽항적은 머리 위에 있는 물과 항아리 조각을 툭툭 털어냈다.

그때. 추이가 팽항적의 앞으로 걸어왔다.

옷이 죄다 찢어지고 온몸이 상처투성이이긴 했지만.

"……."

여전히 표정 변화는 없었다.

스윽―

추이는 팽항적의 앞에서 머리를 숙였다.

군중들은 추이가 팽항적에게 가르침에 대한 인사를 하는 것으로 생각했으나.

탁!

추이는 그 자세 그대로, 바닥에 떨어진 적혈도의 파편을 주워 들었다.

"부러졌으니 이제는 이것으로 뭘 만들든 상관없겠군요."

"……."

이번에는 팽항적도 할 말이 없다.

그토록 가치에 대해 역설하던 적혈도를 제 손으로 분질러 놓았기 때문이다.

팽항적이 더듬더듬 물었다.

"그, 그, 그……."

"?"

"……."

추이가 돌아서려다 말고 멈칫하자 팽항적은 두 눈을 질끈 감았다.

"……그 약속은 유효하다. 필요한 순간이 있거든 부르도 록."

추이가 비무에서 이겼으니 팽항적은 추이의 목숨을 세 번 구해 주어야 한다.

"……."

추이는 잠시 입을 다물었다.

도왕 팽항적.

그는 정도무림의 지존들로 통하는 삼왕(三王) 중의 한 명이 다.

이런 절대적인 전력을 동원할 수만 있다면 앞으로 일이 훨 씬 더 수월해질 터.

팽항적은 단호한 어조로 말했다.

"단, 누군가를 죽여 달라거나 하는 식의 요청은 안 된다. 내가 지키는 것은 오롯이 너의 목숨 하나뿐인 게야."

"세 번인가?"

"세 번이다."

"알겠다."

추이의 말투 역시도 다시 원래대로 돌아왔다.

이윽고, 추이는 부러진 적혈도를 챙겨서 자리를 떠났다.

팽항적은 침통한 표정으로 추이의 뒷모습을 바라본다.

그러더니 이내 그 자리에서 촛불 꺼지듯 사라져 버렸다.

"……."

"……."

"……."

"……."

오직 이 둘의 대화에 홀린 군중들만이 아직도 이 자리에
남아 멍한 표정을 짓고 있을 뿐이었다.

학부모 초청 행사는 무사히 끝났다.

별다른 사건 없이 평이하게 진행되었던 행사였는지라 팽
항적과 의문의 부교관 하나가 비무를 벌였다는 소식은 유난
히도 주목을 많이 받았다.

학부모들 대부분이 집으로 가기 위해 학관의 북쪽 출구로
향할 무렵.

일찌감치 가족들과 작별한 생도들은 기숙사 뒤뜰에 모여
담소를 나누고 있었다.

청룡관의 남궁율, 백호관의 호예양, 주작관의 사마여리.

이 셋은 한 야외 탁자에 앉아서 서로의 얼굴을 마주 본다.

"아깝다. 그 사건을 못 봤다니. 하필이면 백호관이랑 가장 먼 곳에서 그런 일이 있을 줄은……."

호예양이 진심으로 아쉽다는 듯 말했다.

도화(刀花)라는 별호로 불릴 정도로 도를 잘 다루는 호예양이다.

그러니 도의 정점에 올라 있는 도왕 팽항적의 무위를 견식해 보고 싶은 것은 당연하다.

한편, 그 사건을 처음부터 봤던 남궁율은 아직도 놀람과 흥분을 감추지 못하고 있었다.

"서문 부교관님께서 도를 그렇게 잘 다루실 줄은 미처 몰랐어. 설마 천하의 도왕 어르신과 팽팽하게 겨룰 정도라니. 아무리 도왕님께서 내공 제한에 물 항아리까지 이고 있으셨다지만."

"그러게 말이야. 아아, 내가 그 모습을 놓치다니……."

그동안 많이 친해졌는지 나이 터울에도 불구하고 어느새 말을 편하게 하는 두 사람이다.

호예양은 자신의 머리를 헝클어트리던 끝에 고개를 들었다.

"근데 말이야. 서문 부교관님이 그렇게 도를 잘 다루신다면 왜 병기본 수업을 맡지 않으셨을까?"

"경공이 주특기라고 하셨어. 실제로 도왕님께서도 말씀하

셨지. 경공에 한정해서라면 서문 부교관님이 더 뛰어나다고."

"그럴 수가 있나? 그분들은 절정의 벽마저 한참 전에 넘어가신 분들인데."

"그러게. 나도 두 눈으로 보면서 얼떨떨하더라. 예전에도 뛰어난 경공 고수를 본 적이 있는데…… 그분보다도 뛰어나셨던 것 같아."

남궁율은 머릿속에 추이를 떠올리고 있었다.

분명 추이의 경공도 타의 추종을 불허할 정도로 빨랐으나, 일전에 서문경 부교관이 보여 주었던 경공은 그보다도 훨씬 더 빠르고 표홀했다.

'추이 님보다 빠른 사람이 있을 줄은 몰랐어.'

남궁율은 서문경이 도왕의 칼을 피할 때 보여 주었던 움직임을 떠올렸다.

마치 한 마리의 학처럼 우아하되 송골매처럼 빠른 움직임.

세상에 그런 경공이 있는 줄은 처음 알았다.

'……나중에 추이 님과 서문경 부교관님이 만나면 어떻게 될까?'

남궁율은 어떤 상상을 하며 옅게 웃었다.

창을 쓰며 경공에 능한 젊은 고수.

도를 쓰며 경공에 능한 젊은 고수.

성격은 둘 다 무뚝뚝하며 과묵하기 짝이 없다.

만약 그 둘이 만나 대결을 펼친다면 참 흥미진진한 광경이 연출될 것이다.

'하지만 그럴 일은 없겠지. 두 사람 다 정의로운 협객들이니.'

남궁율은 쓸데없는 생각일랑 하지 말자고 생각했다.

그보다는 곧 있을 정도회맹 견학 행사에 대한 이야기를 나누는 편이 더 건실할 테니 말이다.

✿

기숙사로 돌아가는 길.

사마여리는 후문의 아름드리나무 밑에 서서 한숨을 내쉬고 있었다.

서문경 부교관.

그는 등천학관 전체를 통틀어 가장 입방아에 많이 오르내리는 사람이 되었다.

하루아침의 변화였다.

이제 곧 수많은 생도들이 그의 수업을 듣기 위해 신청서를 넣을 것이고 학관 측에서는 중역들이나 할 법한 임무들을 맡길 것이다.

급여는 상상도 못 하게 오르고 지위도 높아지며 그만큼 바빠지리라.

'……그래. 원래부터 대단하신 분이었으니. 지금이라도 세상이 알아주어서 참 다행이다.'

하지만 뭘까.

가슴속이 뻥 뚫린 것 같은 이 공허함은.

사마여리는 스스로가 왜 이런 감정을 느끼는지 몰라 조금은 당혹스러워 하고 있었다.

'분명 축하드릴 일인데. 축하드려야 맞는데.'

나만 알던 작은 가게가 입소문을 탄다면?

엄청난 인파가 몰려들어 매일매일 문전성시를 이룬다면?

멀리서 그것을 지켜보는 오래된 단골의 심경은 과연 어떨까?

'어쩐지…… 서문 부교관님이 먼 곳으로 떠나 버리신 것 같은 느낌이 들어.'

사마여리는 가슴을 꾹 누른 채 고개를 떨구었다.

그때.

"사마여리 생도님 맞으시죠?"

저 앞에서 누군가 걸어온다.

사마여리가 고개를 들자 등천학관의 직원 한 명이 그녀에게 인사를 건넨다.

그는 우편을 관리하는 사람이었다.

"주작관의 지낭(智囊) 사마여리 생도님, 서신 왔습니다. 마침 잘됐네요. 오늘 기숙사에 갈 서신이 이것 하나뿐이었는데, 여기서 딱 생도님과 마주치게 되었으니 말입니다."

"저를 어떻게 아시고……?"

"아휴, 주작관의 편차치를 혼자서 견인하는 여걸(女傑)을 어찌 모르겠습니까. 직원들 사이에서도 유명하셔요. 똑똑하고 사람 좋으시기로. 저희들에게 꼬박꼬박 인사를 건네주는 생도님들은 별로 없으시거든요."

면전에서 금칠을 하니 가뜩이나 수줍음이 많은 사마여리로서는 견디기 힘든 일이다.

이윽고 직원이 가고 나자 사마여리는 참았던 숨을 몰아 내쉬었다.

'……여걸이라.'

불과 얼마 전까지만 해도 이런 평가를 듣게 될 것이라고는 상상도 못 했다.

그녀는 눈을 감고 과거를 떠올렸다.

신세림 패거리들에게 괴롭힘을 당하며 하루하루가 지옥 같았던 나날.

졸지에 멸문지화를 당해 버린 집안과 흔적도 없이 사라져 버린 양부모님.

"좋은 분들이셨지. 입양아인 나를 친딸처럼 귀여워해 주셨으니……."

부모는 몰랐겠지만 사마여리는 사실 알고 있었다.

자신이 입양된 아이라는 것을 말이다.

'부모님의 장례를 치르고 다시 학관에 왔을 때만 해도 이 세상이 다 무너진 것 같았는데.'

천붕지통(天崩之痛).

하늘이 무너지는 것 같은 기분이 매일매일 계속되던 나날들이었다.

거기에 같은 생도들의 따돌림과 괴롭힘까지 더해지니 정말로 이 세상 전체가 악(惡)으로 가득 차 있는 것처럼 보였었다.

……그 수렁에서 빠져나올 수 있도록 손을 내밀어 준 사람.

……그녀의 인생에 있어 처음으로 반짝였던 빛.

그가 바로 서문경 부교관이었다.

'그리고 한 분 더.'

붉은 봉인지가 감겨 있는 다소 특별한 편지.

사마여리는 봉투를 뜯고 안에 든 서신을 꺼내 들었다.

〈후원금 예탁증서: 은자(銀子) 십만 관(貫)〉

또다시 어마어마한 금액이 기재되어 있다.

뒷바라지를 해 줄 부모가 없는 사마여리가 평생 돈 걱정을 하지 않아도 될 정도의 액수.

'서문 부교관님께도 감사하지만…… 이분도 내 인생을 구

해 주신 은인이시지. 언젠가는 꼭 찾아뵙고 인사 드릴거야. 그리고 백배 천배로 돌려드려야…….'

그때, 사마여리의 생각이 중간에 끊겼다.

후원금 증서의 귀퉁이에 작은 얼룩이 져 있었기 때문이다.

'이게 뭐지?'

사마여리는 종이 귀퉁이를 자세히 들여다보았다.

겉으로 보면 무슨 얼룩인지 알아보기가 쉽지 않다.

평범한 사람이었다면 아마 눈치채지도 못했을 것이다.

그러나 명석한 두뇌와 뛰어난 눈썰미를 가진 그녀는 이내 그 얼룩이 무엇 때문에 생긴 자국인지 금방 알아보았다.

보랏빛. 새끼손가락 자국. 그리고…….

'여지(荔枝)의 색깔!'

여지는 귀한 과일인지라 등천학관 내에서도 잘 찾아볼 수 없다.

학관 밖으로 나가 번화가 중앙의 시장까지 가야 할 수 있는 물건이었다.

그리고 보통의 사람들은 여지의 껍질을 깔 때 엄지와 검지를 사용한다.

하지만 증서의 귀퉁이에 희미하게나마 찍혀 있는 이것은 분명 새끼손가락 자국.

순간. 사마여리의 뇌리를 스쳐 지나가는 기억의 파편 하나가 있었다.

'여지, 좋아하세요?'

'……어렸을 적에 자주 먹었다.'

'서문 부교관님은 여지를 특이하게 드시네요. 새끼손가락 손톱으로 껍질을 벗기시나요?'

'…….'

'손톱이 여지 색깔로 물들었어요. 봉숭아 물들이신 것처럼.'

'…….'

새끼손가락으로 여지 껍질을 벗기는 특이한 식습관을 가진 사람.

'설마!?'

그동안 사마여리의 머릿속에서 파편 파편적으로 남아 있던 심상들이 하나로 꿰어 맞춰진다.

……갈 곳 없고, 기댈 곳 없던 자신에게 다가와 준 사람.

……재능과 소질을 알아봐 주고, 격려의 말을 해 주었으며, 따뜻한 밥을 사 줬던 사람.

……그리고 자신에게 거액의 후원금을 준 사람.

이 모든 사람들은 전부 한 명이었다.

벼락을 맞은 것처럼 굳어 있는 사마여리의 손에서 편지지가 바람에 뒤집힌다.

펄럭—

증서의 뒷면에는 '후원자의 한마디'라는 항목이 있다.

그곳에는 단 네 글자만이 적혀 있었을 뿐이었다.

정진해라

새삼 눈에 눈물이 차올랐다.
정말 새삼스러운 일이었다.

추이는 토법고로에서 벌어 온 막대한 양의 재물을 지상으로 조금씩 조금씩 옮겨 뒀었다.
그것을 관리하는 이는 서세치였고, 추이는 얼마 전 그에게 상당한 양의 돈을 빼내어 가져오라고 한 바 있었다.
사마여리에게 후원금을 주기 위해서였다.
'……이제 등천학관에서의 일도 거의 다 마무리되었다.'
이번 정도회맹을 거치고 나면 황실비무연이 열릴 것이다.
아마도 그곳이 추이의 마지막 무대가 될 확률이 컸다.
'홍공도, 잔당도, 거기서 모조리 잡아 죽인다.'
추이는 각오를 다잡으며 천천히 발걸음을 옮겼다.
저벅- 저벅- 저벅-
관사로 돌아가는 길.
날은 어둑하게 저물고 인적은 점점 뜸해진다.

추이는 머물고 있는 관사를 지나 조금 더 안쪽으로 깊숙하게 들어갔다.

사람은 없고 대나무만 울창한 죽림이 나왔다.

추이는 꼿꼿하게 솟아나 있는 대나무들 사이의 오솔길로 접어들었다.

새끼줄을 엮어서 깔아 놓은 바닥 위로 흙먼지가 날린다.

휘이이이잉……

댓잎 끝을 스쳐 가는 바람 소리가 어딘가 스산하게 들렸다.

이윽고, 추이의 발걸음이 우뚝 멎었다.

바싹 마른 입술 사이에서 나직한 목소리가 새어 나왔다.

"……왜 따라오나?"

그러자.

사사사사사사사사사……

일제히 움직이는 댓잎들 사이로 흰 장포를 걸친 노인이 모습을 드러냈다.

"홀홀홀– 어떻게 알았누."

"뒤에서 계속 살을 날려 보내는데 어찌 모르겠나."

"그새 실력이 일취월장했구먼."

검왕 남궁천. 그가 흐뭇한 표정으로 추이를 바라보고 있었다.

"그래. 부교관 생활은 할 만한가?"

"어떻게 알았지?"

추이가 물었다.

내력을 감추고 힘을 숨기는 것은 추이의 전매특허나 다름없다.

팽항적도 알아채지 못한 그것을 남궁천이 어찌 간파했는지, 그것이 의문이었다.

하지만 의외로 답은 간단했다.

"나는 천면자(千面者)와 친분이 있다네. 그래도 삼 년에 한 번 정도는 교류를 하지."

남궁천은 잡기(雜技)에 능할 뿐만 아니라 관심도 많다.

그는 애주가이며, 춤을 추는 것을 좋아하고, 낚시광인 동시에 화초 기르는 것을 즐기며, 수석을 모으고, 남는 시간에는 조각을 하거나 수묵화를 그리는 등 다양한 취미 활동을 가지고 있었다.

그중 상당수는 전업으로 나서도 될 정도의 실력을 가지고 있었는데, 바로 그중의 하나가 면구술(面具術)이었다.

"그래서 면구에 대해서도 약간의 조예가 있다네. 천면자 정도는 아니어도 자네 정도 수준은 될 것 같네만."

"……."

추이는 말없이 손으로 턱을 잡았다.

우드득–

뼈가 꺾이고 피부가 찢어지며, 서문경의 얼굴이 추이의 얼굴에서 떨어져 나온다.

이윽고 추이의 맨얼굴이 죽림 전체에 드러났다.

"오―"

남궁천이 감탄했다.

"이 수려한 용모를 나 혼자 보는 것이 아깝구만. 아니, 나
혼자는 아닌가……."

"용건이 뭐냐?"

추이의 말은 여전히 짧았다.

남궁천은 재미있어 죽겠다는 듯 입꼬리를 말아 올렸다.

"예전에 못다 한 승부를 마저 이어 나가는 게 어떤가 하
고."

"……."

"농담일세."

남궁천은 허리춤의 검에서 손을 떼고 두 팔을 위로 들어
올려 전의가 없음을 밝혔다.

"자네가 왜 등천학관에 있는지, 그것이 궁금해서 왔네. 단
지 그뿐이야."

하지만 추이는 여전히 바짝 긴장하고 있었다.

남궁천 정도 되는 검객은 손에 검을 쥐고 있지 않아도 충
분히 위협적이기 때문이다.

'지금 싸우면 승률은…….'

추이는 남궁천과 정면승부를 했을 때의 결과를 생각했다.

사실 길게 생각할 것도 없었다.

패배(敗北).

검왕 남궁천의 무력은 나락노야를 앞선다.

아직 나락노야조차도 꺾지 못하는 추이로서는 도저히 무리였다.

'검왕이라면 혼자서도 홍공을 죽일 수 있을까?'

추이는 토법고로에서 만났던 홍공의 모습을 떠올리며 잠시 생각에 잠겼다.

만약 토법고로에서 홍공과 싸웠던 이가 자신이 아니라 남궁천이었다면 어떻게 되었을까 하고.

……그때.

"혹시 마교 때문인가?"

남궁천의 입이 열렸다.

"……?"

추이는 의아한 마음을 품었으나 그것이 표정으로 드러나지는 않았다.

마교(魔敎).

신강 세외에 존재하는 거대한 마(魔)의 세력.

천산산맥을 넘어서 쳐들어오는 그들의 집념과 광기는 오랜 시간에 걸쳐 중원에 크나큰 피해를 입혀 왔다.

남궁천은 구무협(舊武俠) 세대의 생존자.

반평생가량을 마교와 싸우는 것에 바쳤던 인물이다.

마교라 하면 이를 뿌득뿌득 갈 수밖에 없는 것이 당연했다.

"……."

추이는 조용히 고개를 끄덕였다.

남궁천은 천천히 수염을 쓰다듬는다.

"자네가 도와주었던 화산의 젊은이가 마교에 투신했다는 소문은 들었네."

"……."

"그리고 둘 사이에 무슨 대화가 오갔는지는 모르겠으나, 자네는 마교로 가지 않고 중원으로 돌아왔지."

"……."

"그리고 이렇게, 신분을 숨긴 채 등천학관에서 일하고 있어."

"……."

남궁천은 계속해서 수염을 쓰다듬는다.

어느 순간부터인가, 그의 미간은 미미하게나마 찌푸려져 있었다.

"다시 묻지."

그의 시선이 검처럼 뻗어 와 추이의 폐부를 쿡 찌른다.

"너. 왜 등천학관에 잠입해 있느냐?"

"……."

남궁천은 추이와 마교가 모종의 관계가 있지 않을까 의심하는 기색이다.

쯧—

추이는 혀를 찼다.

많은 생각이 오갔지만 결국 답은 하나다.

"대답을 듣고 싶다면 힘으로."

추이는 등과 허리, 다리에 둘러 놓은 창대들을 순식간에 조립했다.

…철커덕! …철커덕! …철커덕! …철커덕!

매화귀창의 날이 남궁천을 겨눈다.

예전과는 달리, 이번에는 곤(棍)이 아니라 창(槍).

저번처럼 받아치거나 몸으로 맞으면서 버티는 것이 불가능하다는 뜻이다.

하지만…… 남궁천 역시도 이제는 다섯 초식을 양보하겠다느니 하는 여유는 부리지 않는다.

그저 서늘한 눈빛으로 손을 들어 검 손잡이에 올려놓을 뿐.

"……."

"……."

둘 사이에 숨 막히는 정적이 내려앉는다.

추이는 까마득한 강바닥에 가라앉아 물의 무게를 짊어지는 듯한 감각을 느끼고 있었다.

그만큼 남궁천의 기세는 거역하기 어려운 압박감을 전달하고 있는 것이다.

바로 그때.

"푸핫!"

남궁천이 별안간 웃음을 터트렸다.

"푸후후후후…… 그래. 그런가."

"……?"

추이가 의아함을 표하자 남궁천은 다시 수염을 쓸었다.

"그렇게 뻔뻔하게 나오니 오히려 신뢰가 가는군."

이윽고, 남궁천의 표정이 진중하게 가라앉았다.

"아해야. 나는 나의 사람 보는 눈을 믿는다."

"……."

"나는 네가 정도(定道)가 아니라 정도(正道)를 걷는 인물이라
고 생각한다."

"……."

"마교 놈들에게 투신했다면 능히 한자리 꿰찰 수 있는 실
력. 하지만 그럼에도 불구하고 이곳에 남았다는 것은…… 필
시 무언가 중요한 숙원이 있는 게지."

"……."

추이는 입을 다문 채 대답이 없다.

그래서 본디 말이 많은 편이 아닌 남궁천만 계속해서 말하
는 모양새가 되었다.

"나는 그런 외골수 같은 놈을 싫어하지 않아."

"……당신이야말로."

추이가 눈을 가늘게 뜨며 말을 이었다.

"등천학관에는 왜 왔지?"

"……."

이번에는 남궁천이 입을 다문다.

그는 웃는 듯 마는 듯 미묘한 표정으로 침묵을 지켰다.

이윽고, 남궁천은 죽림을 향해 시선을 돌렸다.

"나는 나대로 그림자 속에서 분투 중이라네."

"……?"

추이는 남궁천의 말을 이해하지 못했다.

하지만, 뒤이어지는 그의 말은 상당히 충격적인 것이었다.

"이번 정도회맹에 먼 곳에서 온 손님들이 방문할 예정이라
더군. 뭐라더라, 맹주를 암살하겠다던가?"

"……!"

추이는 정도회맹에서 벌어질 사건을 이미 알고 있다.

원래의 운명대로라면 마교(魔敎)의 세력이 여기서 처음으
로 등장, 공개적인 자리에서 무림맹주를 암살하는 것으로 기
나긴 전란의 서막을 연다.

추이가 알기로 그때 정도의 인물들은 아무도 마교의 준동
을 예상하지 못했다고 한다.

……하지만 지금, 남궁천은 분명히 '이번'의 징조를 포착
하고 있었다.

"홀홀홀홀- 뭐 상관없는 일이지. 이번 맹주가 팔푼이도

아니고, 제집 안마당에서 그리 쉽게 당하겠나. 나름대로 오제(五帝)의 으뜸이라 불리는 녀석인데."

"……."

"아무튼 말이야. 이번 정도회맹에 어떤 손님들이 오든, 나는 아주 반가이 맞이해 줄 생각일세."

"……."

"그때 자네도 한 팔 거들게나."

남궁천은 추이를 향해 웃어 보인다.

하지만 그 웃음 뒤로는 무서울 정도의 압력이 전해져 오고 있다.

마치 지평선 너머에 있는 거대한 태산을 마주하는 듯한 위압감에 추이는 입을 다물었다.

정도(定道)와 마도(魔道).

결코 공존할 수 없는 두 갈래의 길.

그 사이에 선 추이는 방금 전에 남궁천이 한 말을 곰곰이 곱씹는다.

'이번 정도회맹에 손님들이 방문할 예정이라더군. 뭐라더라, 맹주를 암살하겠다던가?'

뭘까. 이 말에서 느껴지는 기묘한 위화감은.

'먼 곳에서 온 손님들이 방문할 예정이라더군.'

추이는 위화감이 느껴지는 부분을 몇 번이고 반추했다.

'먼 곳에서 온 손님들.'

그래. 이 부분이다.

추이는 자신이 어떠한 부분에서 이질감을 느꼈는지 찾아냈다.

'손님들.'

여기서 조금 더 정확하게 추려내자면.

'들.'

그렇다.

남궁천이 알아낸 정보에 의하면 이번에 정도회맹을 습격하려 드는 인물의 숫자는 단수(單數)가 아닌 복수(複數).

하지만 추이가 아는 바에 의하면 마교에서 올 자객은 오직 한 명뿐이다.

'미래가 바뀌었다.'

애초에 남궁천이 이 시점에서 정도회맹 습격 사건을 예견하고 있다는 것 자체가 변수였다.

정도회맹에서 끔찍한 참사가 일어나는 것은 비슷하나, 결과에 이르기까지의 과정에서 미묘한 차이가 생겨난 것이다.

다만, 남궁천은 정도회맹을 망치러 올 자객들이 마교의 인물들이라고 생각하는 듯하나…….

'아마 다른 놈들이 올 것 같군.'

물론 그들이 누구일지 역시도 얼추 예상이 된다.

하나같이 무림사에 흉명을 떨쳤던 마두들이니만큼, 후대에 활동했던 추이 역시도 그들의 위명세는 익히 들어 알고 있었던 것이다.

'내 예상이 맞다면…… 앞으로 벌어질 모든 사건들이 조금씩 앞으로 당겨지게 될 것이다.'

그것은 토법고로에서 심마(心魔)를 품게 된 홍공이 계획을 서두르고 있기 때문임에 분명하다.

'상관없다. 이 또한 대비해 둔 바가 있으니.'

판이 바뀌었으면 패 역시도 바꿔야 한다.

이번 남궁천과의 대담은 그런 의미에서 아주 큰 의미가 있었다.

"가 보겠다."

"대답은?"

"……"

추이는 잠시 발걸음을 멈췄다.

그러고는 뒤를 돌아보지 않은 채 말했다.

"정도회맹에서 만나지."

"……"

남궁천을 안심시킬 정도는 아니었지만 미소 정도는 지을 수 있게 만드는 대답이었다.

추이와 남궁천이 떠난 뒤.

사사사사사……

죽림 사이에 난 오솔길을 소슬바람이 쓸어간다.

이윽고.

털썩−

대나무 위에서 누군가가 떨어져 내렸다.

매미 유충이 벗어 놓고 간 허물처럼, 그렇게 뒤집어진 자세로 굳어 있는 사람이 한 명.

"으으으……."

팽어린.

그녀는 식은땀을 뻘뻘 흘리며 가슴의 심장부를 부여잡고 있었다.

하북팽가의 사람들은 기세를 숨기는 것에 능통하다.

그래서 팽어린은 오솔길을 걷는 서문경 부교관과 검왕 남궁천을 봤을 때 몰래 그쪽으로 접근했었다.

'등천학관을 떠들썩하게 만들었던 신성(新星)과 구무협의 전설이 무슨 대화를 나눌까?'

팽어린은 그것이 궁금했던 것이다.

그러나.

'아니, 나 혼자는 아닌가…….'

남궁천은 너무나도 쉽게 팽어린의 위치를 간파, 곧바로 기막(氣幕)을 쳐서 모든 소리를 없애 버렸다.

……하지만.

남궁천은 모르고 있었다.

그가 굳이 기막을 치지 않아도 팽어린에게는 이미 아무것도 들리고 있지 않았다는 것을.

"ㅇㅇㅇ…… ㅇㅇㅇㅇ……."

팽어린은 식은땀을 흘리며 가슴을 움켜잡은 채 몸부림쳤다.

서문경 부교관.

그의 얼굴을 덮고 있던 화상 자국이 사실 면구였다는 것은 놀라운 일이었다.

그러나, 그 놀라운 비밀 밑에 숨겨져 있던 것은 더욱 놀라웠다.

서문경 부교관의 맨얼굴을 보는 순간, 팽어린은 시야가 아득해지며 아무것도 들리지도, 느껴지지도 않은 상태가 되었다.

귀는 멀었고 입은 반쯤 벌어졌다.

오직 서문경 부교관의 맨얼굴만이 눈알 표면에 아플 정도로 깊이 음각되고 있었다.

"……뭐냐고 저 얼굴."

어쩐지 반칙에 당한 기분이었다.

작법자폐(作法自斃) (1)

　도왕 팽항적과의 비무가 끝난 뒤로 얼마간의 나날이 흘러
갔다.

　그날 이후, 추이는 강의를 나갈 때마다 엄청난 수의 생도
들을 마주해야 했다.

　"서문경 부교관님! 혹시 잠시 시간이 괜찮으시다면 여쭈어
볼 게……."

　"부교관님! 질문이 있어서 왔습니다! 저번 수업에서 이해
하지 못한 것이……."

　"너무너무 유익한 수업이었습니다! 진짜 하루 종일 이 수
업만 듣고 싶어요!"

　하지만 추이는 단 일각도 지체하는 일 없이, 항상 수업을

제시간에 끝냈다.

"다음 수업은 휴강이다. 그럼 이만."

추이는 곧바로 강의동을 나와 관사로 향했다.

인적 없는 길을 빙 돌아 익숙한 발걸음을 옮겨 놓는다.

그동안에는 눈을 감고 심상비무를 진행했다.

요즘은 시간이 날 때마다 항상 창귀들과 싸운다.

아주 조금의 여유조차도 누릴 수가 없었다.

나락노야(奈落老爺).

요즘 추이가 가장 많이 전투를 벌인 창귀였다.

초절정의 영격을 가진 위호작창(爲虎作倀)이 무한한 심상세계의 숲속에서 추이와 난투를 벌인다.

[끌끌끌끌끌끌······]

나락노야는 추이와 싸웠을 때의 모습보다 훨씬 더 젊어져 있었다.

아마 지난 삶의 전성기, 가장 강했을 때의 모습을 하고 있는 것이리라.

추이는 지난번 도왕 팽항적과의 비무를 떠올렸다.

그때 팽항적과 손속을 나누며 분석했던 내력의 파동, 그것이 반복되는 주기와 모양을 떠올리며 천천히, 세밀하게, 내력을 운용한다.

'얻은 것이 많은 비무였다.'

세간의 이목을 감수해 가며 실력을 드러낸 값어치를 충분히 하고도 남는다.

추이는 창귀칭의 숙련도와는 별개로, 조금 더 노련한 무장
(武將)이 되었다.

퍼퍼퍼퍼퍼퍼퍽!

심상비무는 예전과 달리 한층 더 길고 치열하게 전개된
다.

추이는 악착같이 나락노야를 뒤쫓아가며 창을 내질렀고
나락노야는 그런 추이를 떼어 내기 위해 나찰장을 펑펑 내갈
겼다.

그리고.

…쩍!

결국 나락노야의 나찰장에 맞은 추이의 두개골이 박살 나
는 것으로 비무는 종료되었다.

"또 졌군."

추이가 눈을 뜬 것은 관사 앞에서였다.

심상비무를 하면서 걷다 보면 딱 이 시간에 도착한다.

다만 전보다 관사에 조금 더 가까운 곳에서 비무가 끝난
것을 보니 실력이 조금씩 늘고 있기는 한 것 같았다.

추이가 막 관사로 들어가려 할 때.

"서문 부교관."

누군가가 뒤에서 추이를 불렀다.

추이가 고개를 돌린 곳에는 다소 날카로운 인상을 주는 미

녀 한 명이 서 있었다.

구예림 교관.

추이와 시선이 마주치자 그녀의 한쪽 눈 밑이 살짝 움찔한
다.

구예림은 이내 손에 든 서류 한 장을 흔들어 보였다.

"무슨 생각을 그리 깊게 하나. 뒤에서 몇 번이나 불렀는
데."

"무슨 용무지?"

"후후— 이제 말 놓는 것도 자연스럽군."

구예림은 성큼성큼 걸어오더니 이내 추이의 가슴팍에 서
류를 착 붙였다.

추이는 서류를 들여다보았다.

　　교관 임용 승인서

추이는 부교관에서 교관으로 승진한 것이다.

구예림이 씩 웃으며 말을 이었다.

"도왕 선배와 그대의 비무 때문에 학관 전체가 아주 난리
도 아니야. 이 정도의 고수를 왜 고작 부교관직으로 채용했
냐는 비난이 원로회에 빗발치고 있지."

"……"

"궁둥이 무거운 원로들도 아차 싶었는지 허둥지둥 움직이

더군. 그 결과 그대의 교관 임용도 조속히 결정되었고. 원래는 내일 정식으로 통보가 갈 건데, 내가 하루 먼저 빼 왔다."

"……."

"이제는 같은 교관의 입장이니 완전히 대등해졌군. 학칙상 교관들끼리는 서로 평어를 쓰라고 되어 있으니 말이야."

부교관에서 교관으로 승진하게 되면 다룰 수 있는 업무와 허가된 권한들이 대폭 증가한다.

등천학관 내에서의 활동 범위가 크게 증가하는 셈이다.

하지만 곧 등천학관을 떠날 계획이었던 추이로서는 그다지 관심이 가지 않는 내용이었다.

"아, 그리고."

하지만 구예림의 입에서 나온 다음 화제는 추이로서도 관심을 가질 수밖에 없었다.

"저번에 우리가 함께 수행했던 민관 협력 임무 얘기인데."

"……."

"우리 덕분에 일이 잘 마무리되었다고 현령(縣令)께서 상을 내리시겠다더군. 아마 상금과 함께 공로패가 내려올 거야. 우리는 조만간 그것을 수여받으러 관청에 가야 할 것 같다."

추이는 지난번에 수행했던 임무를 떠올렸다.

당결하가 직접 내려 주었던 민관 협력 의무.

그것은 각 지역을 돌며 지방의 토후 세력들에게 관의 공문을 전달하는 것이었다.

구예림은 다소 곤란하다는 듯한 표정을 지었다.

"지난번에도 말했지만 현재 현령께서는 건강이 별로 좋지 않으시다. 그래서 현령님의 아들과 딸이 거의 정무를 대신하고 있지."

"……"

"그리고 우리에게 공로패를 수여하는 것도 그분들의 결정이다. 정확히는 현령님의 수양딸께서 말이야."

추이는 의아함을 표했다.

아무리 그래도 고작 열세 살밖에 안된 남매가 어찌 만 호가 넘어가는 현을 다스린다는 말인가.

이에 대한 구예림의 대답은 믿기 힘든 것이었다.

"그분들은 기백 년에 한 번 나올까 말까 한 신동(神童)들이거든."

"……그게 끝인가?"

"요약하자면 그렇다."

구예림은 고개를 끄덕이며 말을 이었다.

"현령의 자제분들은 두 분 다 내각대학사의 제자 출신이라고 들었다."

"……"

추이는 유림(儒林)을 별로 좋아하지 않는다.

하지만 내각대학사라는 존재는 무려 한림원 백관의 으뜸으로 꼽히며 비상시에는 황제의 자문 역할도 수행하는 최고

위 관료라는 사실 정도는 알고 있었다.

구예림은 말을 이어 나갔다.

"심지어 그분들은 내각대학사의 배려를 받아 상서방에서 수학했다고 하는군."

상서방(上書房)이라 하면 황제의 아들이나 손자들이 교육받는 기관이다.

내각대학사가 그 쌍둥이 어린아이들을 얼마나 귀히 여기며 교육했는지 알 수 있는 대목이었다.

"그럼 그 어린아이들이 이 드넓은 현의 정책들을 만들고 시행한다는 것인가?"

"그렇다. 다시 한번 말하지만, 현재 현령님께서는 건강이 무척이나 안 좋으시다. 그래서 공로패를 받을 때도 대면이 힘들 수도 있어. 그때는 현령님의 자제분들에 의한 대리 수여가 이루어지겠지."

"……."

추이는 턱을 쓸었다.

현령의 수양딸, 수양아들이 황자들이나 공부하는 기관에서 수학을 했든 무엇을 했든 별 관심은 없다.

다만 그들이 현재 시행하려 하고 있는 법치(法治)는 추이의 성향과 그리 맞지 않는 것이었다.

당장 이번 민관 협력 임무만 해도 그렇다.

추이는 각 지방의 토후들을 찾아다니며 관의 서신을 전달

했건만 단 한 군데서도 환영을 받지 못했던 것이다.

'그러던 와중에 창마 구강호와 나락노야를 만났지.'

잠깐 생각이 다른 곳으로 샜다.

아무튼. 추이는 현령의 수양딸, 수양아들이 펼치고 있는 여러 정책들이 시작부터 삐걱거리고 있다는 사실을 눈치채고 있었다.

그리고 마침, 그들은 추이를 관청으로 불러 공로패를 수여하겠다고 한다.

'어차피 정도회맹 전에 고위 관료 하나쯤은 포섭해 놓으려 했는데, 찾아가는 수고를 덜었다.'

들을 정보는 다 들었다.

추이는 적당히 고개를 끄덕이고는 관사 안으로 들어가려 했다.

"야!"

뒤에서 들려오는 구예림의 외침만 아니었다면 그렇게 했을 것이다.

"?"

추이가 고개를 돌리자 구예림이 그를 향해 오른손을 들어 올리며 어색한 미소를 지어 보였다.

"내, 내일 봐."

이 세상에서 가장 부자연스러운 평어였다.

……이 세상에는 운명이 편애하는 인물들이 있다.

수려한 외모, 강인한 육체, 출중한 오성.

이 모든 것을 타고난 소년 하나가 뒷골목을 걷고 있었다.

명림성(明臨星).

올해 십삼 세가 된 이 소년은 현령의 수양아들이며 무려 한림원 내각대학사의 수제자로 꼽힐 정도로 뛰어난 신동이었다.

그는 지금 시종으로 위장한 호위무사 한 명을 데리고 잠행(潛行)을 나와 있었다.

새로 시행된 법률로 인해 백성들이 잘살고 있는지 살피기 위해서다.

새로 제정된 법률은 철저히 법가(法家)의 영향을 받은 것들이었다.

이 법들을 만든 이는 명림성의 누이였고 그것을 철저하게 집행하는 이 역시도 누이였다.

"……."

명림성은 누이가 했던 말을 떠올렸다.

'상앙(商鞅)이 말했다. 법령이 시행된 지 십 년이 되자(行之十年), 진나라 백성은 매우 만족스러워하고(秦民大說), 길에 물건이 떨어져 있어도 주워 가지 않으며(道不拾遺), 산에는 도적이

없고(山無盜賊), 집집마다 풍족하며 사람마다 마음이 넉넉했다
(家給人足). 백성은 나라를 위한 싸움에는 용감하고(民勇於公戰),
사사로운 싸움에는 겁을 먹었다(怯於私鬪). 이에 도시나 시골
이 모두 잘 다스려졌다(鄕邑大治).'

하지만. 법가(法家)가 아니라 묵가(墨家)의 도리를 공부하고
있는 그는 자신의 누이가 시행하는 새로운 법률이 지나치게
엄격하고 강압적인 것을 우려하고 있었다.

'법가(法家)는 법(法), 술(術), 세(勢)를 이용하여 왕권을 강화
시키는 통치술. 당연히 지방의 토후 세력들과는 마찰이 격심
할 수밖에 없다. 그로 인한 피해는 다 양민들이 받는 것이
야.'

명림성이 오늘 이렇게 잠행을 나온 것도 가혹한 법률 때문
에 고통받는 백성들이 있지는 않을까 싶은 마음에서였다.

또한, 명림성은 누이에게 많은 영향을 주었던 법가의 사상
가 상앙의 말로에 대해서도 잘 알고 있었다.

그는 뒷배가 되어 주었던 군주의 사망 이후 지방 토후 세
력들에 의해 처참하게 찢겨 죽는다.

'누님 역시도 그렇게 되지 않을 것이라 장담할 수는 없는
일이다. 내가 정신 똑바로 차리고 있어야…….'

바로 그 순간.

푹!

명림성은 자신의 몸이 한쪽으로 쑥 기울어지는 것을 느꼈

다.

"엇!?"

왼쪽 다리가 흙구덩이에 빠졌다.

깊게 파 놓은 구덩이에 진흙을 채워 넣고 그 위에 마른 모래를 살짝 뿌려 놓은지라 미처 보지 못했던 것이다.

"아니!? 도련님!"

호위가 황급히 달려온다.

바로 그 순간.

휘리리리리릭! 턱!

별안간 사냥추 몇 개가 날아들어 호위의 몸을 칭칭 휘감아 버렸다.

콰쾅! 우지직!

호위는 그 자리에 쓰러져 꼼짝도 하지 못하는 신세가 되었다.

이윽고, 검은 피풍의에 복면을 쓴 이들이 명림성의 주위를 포위했다.

명림성은 습격을 받는 순간 직감했다.

자신의 정체가 새어 나갔고, 새로운 법령에 반발하는 지방 토후들이 결국 마수를 뻗쳐 왔다는 것을.

이윽고, 복면인들은 명림성의 목 밑으로 칼날을 들이밀며 말했다.

"토법고로(土法高爐)를 들어 본 적은 있겠지?"

"……!"

명림성의 표정이 변하는 것을 본 복면인 하나가 앞으로 나서며 말했다.

"우리는 하오문(下汚門)이다."

다음 권으로 이어집니다